Diário das coincidências

João Anzanello Carrascoza

Diário das coincidências
Crônicas do acaso e histórias reais

1ª reimpressão

Copyright © 2016 by João Luis Anzanello Carrascoza

Grafia atualizada segundo o Acordo Ortográfico da Língua Portuguesa de 1990, que entrou em vigor no Brasil em 2009.

Capa
Alceu Chiesorin Nunes

Foto de capa
Marcelo Zocchio

Preparação
Leny Cordeiro

Revisão
Thaís Totino Richter
Valquíria Della Pozza

Os personagens e as situações desta obra são reais apenas no universo da ficção; não se referem a pessoas e fatos concretos, e não emitem opinião sobre eles.

Dados Internacionais de Catalogação na Publicação (CIP)
(Câmara Brasileira do Livro, SP, Brasil)

Carrascoza, João Anzanello
   Diário das coincidências : crônicas do acaso e histórias reais / João Anzanello Carrascoza. — 1ª ed. — Rio de Janeiro : Alfaguara, 2016.

   ISBN 978-85-5652-024-1

   1. Crônicas brasileiras I. Título.

16-05935   CDD-869.8

Índice para catálogo sistemático:
1. Crônicas : Literatura brasileira   869.8

Todos os direitos desta edição reservados à
EDITORA SCHWARCZ S.A.
Praça Floriano, 19, sala 3001 – Cinelândia
20031-050 – Rio de Janeiro – RJ
Telefone: (21) 3993-7510
www.companhiadasletras.com.br
www.blogdacompanhia.com.br
facebook.com/editora.alfaguara
instagram.com/editora_alfaguara
twitter.com/alfaguara_br

Sumário

Um extremo, 7
Costura, 9
Sala de espera, 11
Mensageiro, 15
Cristais, 19
Círculo, 21
Vagão, 23
Supercílio, 27
Futuro, 31
Sal, 33
Flores, 37
Tradução, 39
Bens, 41
Olho mágico, 43
Cupido, 45
Sol, 47
De olhos bem abertos, 51
Homônimo, 55
Pai, 57
Águas, 59
Contraste, 61
Palavra, 63
Bilhete, 65
Mais um círculo, 67
Passagem, 69
Um caminhante, 73
Versão, 77
Amigo, 79

Táxi, 83
Desacerto, 87
Matéria, 91
Perdas, 93
Segunda chance, 95
Dois caminhantes, 97
Paralelas, 103
Outro extremo, 105

Gracias, 107

Um extremo

Uma noite, durante o mês que passou no programa de escritores residentes no Château de Lavigny, ele se lembrou de umas histórias que vivera e cujos pontos extremos — o início e o fim — eram conectados por uma estranha (ou seria perfeita?) combinatória de fatos. Anotou a sinopse delas num caderno, com o intuito de desenvolvê-las no futuro.

Mas os anos se passaram, outros projetos subiram à sua mesa, e a ideia de escrevê-las ficou à sombra.

Nesse interregno, nas duas vezes em que mudou de residência, o caderno reapareceu em meio a outros objetos. Releu suas anotações e acrescentou a elas outros episódios dos quais havia se esquecido, ou que vivera recentemente. Em ambas as ocasiões, pressentiu que aquelas aparições obedeciam a uma mesma lógica, como se fosse um teste para conferir se ele estava apto a enfrentar a tarefa.

Meses atrás, organizando seus livros nas estantes, ele se deparou novamente com o caderno. Abriu-o, escolheu uma das histórias e a escreveu no mesmo dia. No dia seguinte, outra. E, depois, mais uma. E outra, em seguida. Assim, em três semanas, ele as moveu, todas, do emaranhado de suas lembranças para estas páginas.

Por que um fato jaz tanto tempo na memória, à espera de algo que o desperte e lhe dê uma segunda vida através das palavras?

Ele ignora a resposta, e se há algum ganho em obtê-la. Mas, ao escrever por último este texto de abertura, tem certeza de que se tornou a linha de sutura de dois extremos: a ponta da faca e a ferida que ela abriu.

Costura

Um dia, alguém disse a ele, *a pele, apesar de suas três camadas, não prima pela profundidade, a pele é rasteira.* Ele não concordou, nem discordou, era jovem para se apegar às próprias convicções, mas o comentário ficou preso em sua mente, como o anzol na boca de um peixe.

Havia comprado uma passagem para Madri, seria sua primeira viagem de avião, encontro inaugural com o país de onde emigrara seu avô. Estava ansioso e, talvez por isso, à noite, na véspera do embarque, ao escavar com a faca uma peça de carne grudada no congelador, cortou um dos dedos. Não compreendia como podia jorrar tanto sangue dali — abaixo da pele só havia osso —, enquanto se admirava com o vermelho vivo que ganhava tons de rosa ao se infiltrar no gelo.

Por sorte, a irmã estava na cozinha e arrancou-o daquela imobilidade. Estancou o ferimento com pano de prato e o levou, às pressas, a um pronto-socorro. Atendeu-o um estudante de medicina. *Foi um corte fundo, vou dar dois pontos*, disse, e acrescentou: *daqui a uma semana, volte para retirá-los.*

No dia seguinte, ele seguiu para Madri. Levou o endereço de uma tia distante, que vivia em Granada, de quem o avô falava com carinho antes de morrer. Quando se cansou de passear pelos museus, praças e *calles* da capital espanhola, pegou um trem e foi para a Andaluzia visitá-la.

A tia o recebeu com festa, junto a uma das filhas, que tinha a mesma idade dele. A prima o levou para conhecer a cidade, e não seria exagero dizer que a moça o encantou tanto quanto o Alhambra, com seus jardins, El Generalife, e as casas brancas do bairro de Albaicín, onde o avô dele nascera.

O encanto aumentou (e também a sua desconfiança ante os desígnios da providência) quando ele comentou com a prima que precisava tirar os pontos. *Sou estudante de medicina*, disse ela, *posso tirar os pontos pra você!* E assim o fez, ali mesmo, na varanda, depois de pegar uma caixa de primeiros socorros. *Dói?*, perguntou ela, ao puxar a linha de sutura já esfarelada. *Não*, ele respondeu, e de fato não doía nada ali; mas era seu último dia em Granada e, num outro ponto de seu ser, ele sentiu uma fisgada, quase uma dor.

Talvez pela inabilidade do estudante de medicina que o costurou, ficou naquele dedo uma cicatriz, nítida, em forma de cruz. E, coincidentemente, uma outra surgiu (quando a prima tirou os pontos), invisível para os outros, mas não para ele.

Dali em diante, sem motivo explicável, uma das cicatrizes às vezes lhe beliscava, repuxando lá do fundo, como se quisesse chamar-lhe a atenção para algum fato, alguma linha (torta) da escrita do universo.

Embora tenha viajado outras vezes para a Espanha, em duas delas inclusive passara por Granada, ele nunca mais viu a prima. Nem trocou com ela uma carta, um telefonema, um e-mail.

Trinta anos depois, recebeu uma mensagem dela pelo Facebook, informando que vinha ao Brasil, a passeio, e gostaria de vê-lo. Jantaram juntos e celebraram o reencontro. Pelo efeito do álcool, ou pela verdade da hora, estavam ambos felizes e gratos com a vida e os filhos que tinham (ele, um menino — ela, duas meninas). Fizeram um último brinde. E aí ele sentiu, inesperadamente, um repuxão no dedo.

Mostrou à prima a cicatriz e a lembrou dos pontos que ela havia retirado. Tinha tudo tão vivo na memória, o sangue vermelho se tornando rosa no gelo. Naquele instante, os jardins do Generalife eram tão verdes como os olhos dele. Mas, embora se recordasse do fato, ela não o registrara na camada mais funda, como se dera com ele. *E eu fiz um bom trabalho?*, a prima perguntou. Ele respondeu: *sim, fez!* E acariciou a pele em relevo, onde a cruz latejava.

Sala de espera

Depois daquela primeira viagem de avião, outras vieram, para todos os cantos do planeta, muitas a passeio, a maioria a trabalho. Às vezes, mal desfazia uma mala, já começava a arrumar outra. Assim, ele ia se desfazendo do menino que fora, sujando-se inteiramente de mundo. Sentia-se exilado desde que se mudara da pequena Cravinhos para São Paulo, e esse sentimento, de que não vivia na terra onde suas raízes haviam crescido, jamais o abandonou.

Não raro acordava sem saber onde estava: os quartos de hotel sempre se parecem, embora alguns sejam mais impessoais que outros. Parecem-se, ele pensava, porque não há, nem nunca haverá, algo seu ali, fincado à parede, ou disposto com cuidado sobre um móvel, senão suas roupas, que logo seriam recolhidas e não deixariam rastro nenhum de que um dia ele lá havia estado. Exceto para quem sabe ler as linhas, e as entrelinhas, de uma história.

Talvez tenha vindo daí o hábito, haveria quem dissesse mania, de, sempre ao abrir a porta de um quarto, permanecer alguns instantes lendo — cada objeto uma palavra — o que teria se passado lá dentro, não apenas com o último hóspede, mas com todos os anteriores, as muitas camadas de sonhos e pesadelos impregnadas no vazio daquele espaço. Obviamente ele não sabia decifrar com exatidão o que lia — não há quem, diante de um palimpsesto, não se livre de confundir os traços de uma superfície com os de outra. No entanto, ele continua tentando.

Um dia descobriu que a leitura fora desde sempre, e continuava a ser, a sua obsessão, como se ele tivesse sido fabricado com esse defeito de buscar um sentido oculto atrás de toda e qualquer escrita.

Nas salas de espera de aeroportos, em incontáveis ocasiões, se pegara no ato de traduzir os passageiros que se sentavam à sua frente.

Não se punha a imaginar — como um amigo, também escritor — quem seriam, qual o seu segredo, ou o resumo de sua vida. Não: ele não operava com hipóteses, nem se divertia supondo *este é um médico, e a moça, ao lado, sua amante; aquele, um ator decadente; o velho ali talvez seja um usineiro; a senhora observando um avião decolando, uma viúva.* Ele perseguia a verdade. Tinha certeza de que o rosto, a postura, a mala de um homem o revelavam inteiramente. Bastava saber interpretá-los.

O assunto irrigou sua obra literária em vários momentos, ora apreendido em relatos curtos — num deles, uma mulher, entrando num bar, lia as pessoas à mesa como cartas de tarô, e assim percebera que lá, em questão de minutos, aconteceria um assalto —, ora como linha de força de um de seus romances, cujo enredo se centrava no pai do narrador, homem que se aperfeiçoara em ler as pessoas.

Em uma dessas viagens, ele não lembra se no aeroporto de Nova Delhi ou Johannesburgo — a memória deforma as reminiscências —, notou, na sala de embarque, que uma trama se escrevia ante seus olhos: um casal com uma criança se sentara num banco à sua frente e acomodara, junto aos pés, as muitas bolsas e sacolas que carregavam.

Até aí, nada incomum. Mas o incomum não tardou a apresentar seu passaporte: pais e filho não se moveram um centímetro, nem com o passar dos minutos. Permaneceram estátuas, em completo silêncio.

Ele imaginou que logo o homem e a mulher trocariam alguma palavra. A criança pediria algo, ou um deles se levantaria para ir ao banheiro. E, assim, a normalidade retornaria. Mas não. Nada aconteceu durante quase uma hora. Então a chave desse "texto" se revelou para ele no semblante dos três. Ali se instalara a tristeza. A tristeza da partida, quando não queremos ir. E tão imensa era que lhes igualava os traços, dando a todos um único rosto.

Achou que estava fabulando, como fazia com seus personagens, e não assistindo de fato àquela cena. Contudo, era mesmo a leitura e não a escritura do momento que o absorvia. Algo estava se rompendo entre os três, para sempre. Ele podia sentir o cheiro do fim. Era como se flagrasse a flor no instante em que suas pétalas se fecham. A verdade nas entrelinhas do destino.

Tanto estava certo dessa interpretação que fixou seu olhar, por longo tempo, na mulher. E viu, só ele viu, a lágrima, quase imperceptível, que desceu pelo rosto dela.

Àquela hora, uma dor também começou nele.

Mensageiro

Quando era estudante de comunicação em São Paulo, viu-se, de súbito, na condição de mensageiro. Morava com a irmã de seu pai, que morrera aos quarenta e poucos anos. Nunca se curou dessa perda, e pela vida inteira haveria de se sentir desamparado — um desamparo que o ensinou a enfrentar todo tipo de ausência sem medo. E ele não foi o único: o tio, irmão do pai, seu sócio no comércio de cereais, se viu igualmente desorientado.

Mas, se o fato o fortaleceu, embora só ele saiba quantas vezes, sentindo-se solitário, desejou o reencontro com o pai; o tio se abateu tanto que acabou se perdendo. Fez dívidas. Seu casamento malogrou, obrigando-o a se mudar para São Paulo e a deixar as duas filhas com a ex-mulher. Na capital, foi viver na zona cerealista. Meteu-se numa pensão e abriu as portas só para a bebida, o fumo e as prostitutas. Com sofreguidão, foi se dedicando a ser a ruína que pouco a pouco se tornou.

Foi nesse estado que ele encontrou o tio na primeira vez em que o visitou. E isso se repetiu em todas as outras visitas, a não ser quando a tia, cozinheira diletante, fez uma *paella* e pediu que levasse um prato ao irmão. No quarto da pensão, reconheceu o tio, a muito custo, atrás do rosto deformado, no centro do qual uma tromba, não o nariz, avultava. Esguio e bonito ontem, exibia um ventre bojudo sob o qual as pernas-palito se afinavam. Os cabelos haviam se engrisalhado prematuramente, os dentes enegrecidos pela nicotina.

Ambos tinham uma lança atravessada no peito — hoje, ele sabe, não era a única a dilacerar o tio —, e de imediato se tornaram cúmplices. Ainda que fossem tímidos, juntos se destravavam, expulsando continuamente o silêncio. Em todas as conversas, a mesma lembrança saltava, ora vazando dos olhos de um, ora dos lábios do outro: *saudades de seu pai! Você se parece muito com ele. E isso é bom ou ruim, tio? Você poderia ser meu filho. O senhor já bebeu muito hoje!* Assim seguiam, até que certa tarde o tio mudou de dor e comentou que sonhava em rever as filhas. Não tinha notícias delas há anos. Será que estavam bem? Será que o perdoariam?

Ele entendeu o recado. Mas, inexperiente, ignorava como um emissário deveria agir em tal situação. Sondou alguns parentes, sem conseguir apurar se a mãe impedira o tio de ver as filhas — fora um desquite litigioso —, se o tio havia se afastado delas por constrangimento (era incapaz de pagar a pensão judicial), se era a soma desses dois motivos e outros mais. Enfim, ele ignorava por que o tio perdera contato com as filhas. Só tinha certeza de que desejava, visceralmente, reencontrá-las.

Então o acaso (o acaso?) concluiu, num lance rápido e imprevisível, a sua formação como aprendiz de mensageiro: a Semana Santa chegou e ele foi passá-la com a mãe em Cravinhos, de onde saíra para estudar na capital. Lá, ao atravessar o largo da matriz, encontrou as filhas do tio, com quem quase não tinha contato. A mais velha regulava de idade com ele e foi ela quem, depois de umas palavras rotineiras, revelou que os desejos coincidiam. Queria, tanto quanto a irmã, e à revelia da mãe, encontrar-se com o pai. E, como se soubesse que ele andava próximo do tio — as engrenagens do universo têm a sua lógica —, a prima disse, resoluta: *Marque uma data e nos avise. A gente dá um jeito. Pegamos um ônibus e vamos!*

Ele compreendeu, resignadamente, que lhe cabia atar as duas pontas do circuito. E, de volta a São Paulo, procurou o tio e lhe comunicou a boa-nova. Se no primeiro momento o tio se alegrou, em seguida escureceu. Devia, vez por outra, se mirar no espelho e, com o fiapo de consciência que lhe restava, perceber como seria decepcionante para as filhas encontrá-lo naquela condição — um ser (fisicamente, mas não só) desfigurado.

No entanto, o susto lançou o tio na rota da redenção. Instado a se apresentar com uma aparência ao menos aceitável diante das filhas, iniciou a metamorfose: reduziu a bebida, cortou o fumo, fechou a porta para as prostitutas.

Quatro meses depois, quando foi levar a roupa nova que a tia comprara para o irmão usar no encontro com as filhas, ficou admirado ao vê-lo: o tio perdera a barriga, o azul dos olhos havia retornado, a tromba se encolhera em nariz. Desenvelhecera.

Naquela tarde, o tio lhe contou muitas anedotas, falou do irmão (não da falta que lhe fazia, mas de episódios felizes, vividos juntos) e o levou a conhecer uns amigos pela zona cerealista. Foram horas divertidas, e ele não soube ler, nas entrelinhas, a mensagem que se anunciava.

Cumpriu a sua palavra e avisou as primas: já podiam marcar o encontro. Combinaram para o sábado seguinte, data ideal para todos. Mas, dois dias antes — e aí é que ele se pergunta, *o que esta dor me ensinou?* —, dois dias antes, acharam o tio morto no quarto da pensão.

Cristais

Chegou aquela vez em Granada à noite, num trem proveniente de Madri. Achou que era tarde para procurar a tal tia, a quem ainda não conhecia, e nem imaginava que uma prima, no dia seguinte, seria a sua gentil cicerone — e que, para além de caminhar com ele sobre a pele da cidade, ela lhe deixaria um marco na memória.

Como tinha pouco dinheiro, precisava procurar um *hostal* nas proximidades. Mal saiu da estação ferroviária, uma *abuelita* veio lhe oferecer pernoite por algumas pesetas. O sol minguava além da Sierra Nevada. A velha senhora insistiu, morava a apenas uma quadra dali. Ele aceitou a oferta, até porque outros jovens, com suas mochilas às costas, afluíam das plataformas e, evidentemente, iriam buscar pouso nas hospedarias das imediações.

A casa, simples por fora, guardava internamente, em duas pequenas salas contíguas, uma infinita quantidade de peças de cristal — cálices, taças, copos, jarras, vasos, fruteiras — dispostas com esmero em cima de cômodas, mesas, nichos, *bombés*; não havia móveis ali sobre os quais não se acumulasse, a disputar o mesmo espaço, os mais diversos objetos de cristal. Os estilos, as cores e as espessuras também variavam, formando um conjunto atordoante, não só pela beleza, mas pela fragilidade. Um toque involuntário, e tudo se estilhaçaria.

A *abuelita* lhe mostrou a cozinha, o banheiro e os três quartos da casa — um ocupado por ela e os outros dois por mochileiros. Ensinou-o a ligar o aquecedor a gás para o banho — *quando terminar, desligue, de acuerdo?* —, deu-lhe uma cópia da chave da casa e, antes que a óbvia pergunta fosse feita, *e eu, onde dormirei?*, sinalizou para que ele a seguisse. Retornou a uma das salas, a menor, e apontou para o sofá sobre o qual se viam travesseiro e lençol. Antes de desaparecer, a *abuelita* disse, com naturalidade, como se tudo ali não fosse tão precioso quanto era: *cuidado con los cristales, chico!*

    Ele se espantou com a coragem dela, não apenas por arrastar para sua casa desconhecidos — a necessidade supera o temor —, mas por deixá-los profanar seu santuário, correndo ainda o risco de vê-lo facilmente em cacos de uma hora para outra. Porque, para alcançar a porta da frente, era obrigatório a qualquer hóspede atravessar as duas salas minadas de cristal. E para ele havia o agravante de se estabelecer ali, com uma mesinha atulhada de bibelôs à sua cabeceira, e outra, de copos e jarras, de cristal casca de ovo, a seus pés. Um voleio mais forte no sofá, em meio ao sono, um passo errado ao voltar do banheiro na madrugada, um espreguiçar-se pela manhã, e uma baixa fatalmente se daria naquela coleção.

    Talvez por isso, dali em diante, ele passou a ter mais cuidado ao entrar na vida dos outros, receoso de que pudesse, mesmo inadvertidamente, quebrar algo que lhes pertencesse. E, ao contrário do que ocorreu na casa da velha senhora, ele muitas vezes não conseguiu.

    Anos depois, já casado, ele quis mostrar à esposa a terra do avô. Desembarcaram na estação de trem de Granada. Haviam reservado um hotel no bairro de San Matías, mas, ao ver a *abuelita* se arrastar pela plataforma em seu passo miúdo, à procura de viajantes, ele foi ao seu encontro.

    Dormiu com a mulher naquele mesmo sofá da sala. E a certeza de que era só uma coincidência se quebrou, dentro dele, como um cristal.

Círculo

Alguém lhe disse, anos atrás, *vivemos num círculo, não se pode ajudar quem nos ajudou*. Jovem, não compreendeu de imediato a sentença, mas depois, refletindo sobre ela, constatou que, numa roda, uma pessoa sempre nos antecede e nos estende a mão, estando, pois, atrás de nós; outra estará à nossa frente, e para ela é que ergueremos a mão, pedindo auxílio.

Talvez por isso, ele pensou, exista tanta gente a se queixar de ingratidão: haviam sido amparos para outros e deles exigiam contrapartida, quando, em harmonia com aquela lógica, qualquer ação recíproca era impossível. A não ser que a roda da fortuna começasse a girar ao contrário. Mas a roda nunca se engana, a roda vai adiante, como o tempo — falso é o seu vaivém —, o tempo agencia o fim, sempre se deseja morrer amanhã (não hoje).

Em resumo, seria este o mecanismo: eu te dou o óbolo e você não se preocupa em me devolver; alguém, adiante, fará o mesmo por mim; a este, lhe fará um outro; e, assim, a corrente segue a girar, podendo ser também (por que não?) de ações venais.

A ideia o perseguiu por décadas e, embora a julgasse simples e justa, nunca acreditou que poderia reger, de fato, as relações humanas. Escreveu inclusive uma história sobre amigos ingratos — título de seu livro *Meu amigo João*.

Então, foi para uma residência de escritores na Suíça. Lá, finalizou uma obra que estava a meio caminho e fez as primeiras anotações (tanto tempo esquecidas) que resultariam nas histórias deste livro. Tão rica foi a experiência no Château de Lavigny que ele demorou a se sentir pronto para narrá-la.

No entanto, um fato, entre dezenas que o afetaram lá, ecoaria inesperadamente em sua vida anos depois: no último dia da residência, antes de partir, pediram-lhe para deixar uma mensagem no livro de presença. Folheou-o a fim de ler o que os escritores das sessões anteriores tinham escrito. Chamaram-lhe a atenção as linhas de uma romancista indiana que agradecia, de forma contundente, a um brasileiro, pelo carinho e pela solidariedade que ele lhe prestara durante a estada de ambos ali. De súbito, ele se lembrou da frase: *vivemos num círculo, não se pode ajudar quem nos ajudou.*

Três anos se passaram e, dessa vez, ele foi à Sangam House, na Índia, para outra residência literária. Passou por muitas vicissitudes lá, algumas debilitaram sua saúde, obrigando-o a procurar socorro médico em Bangalore, a quarenta quilômetros. Por sorte, uma escritora indiana, que lá estava, o ajudou a superá-las. Foi, pode-se dizer, uma aliada, que não só se tornou seu lenitivo, como o salvou de muitos apuros.

Mas, ainda que tivessem se tornado amigos, só no último dia conversaram sobre suas experiências em outras residências literárias. Foi quando ele se lembrou da mensagem de gratidão deixada por aquela romancista a um brasileiro no Château de Lavigny. Então, movido pelo mesmo sentimento, comentou o fato com a escritora indiana, fazendo, em seguida, um sincero agradecimento a ela pela ajuda que lhe dera. E só aí ele descobriu que ambas eram a mesma pessoa.

Quem será que, na próxima ciranda, aguarda a minha mão?, ele se pergunta.

Vagão

Tinha seus trinta anos quando aprendeu com um escritor mais velho, cuja obra admira — e de quem, dádiva jamais cobiçada, acabou por se tornar amigo —, que as metáforas só deveriam ser chamadas ao texto se fossem capazes de expressar, com mais rapidez e brilho, aquilo que substituíam. A essa lição acrescentou outra, captada num dos ensaios de Borges reunidos em *Esse ofício do verso*: existem apenas dez metáforas. Todas as demais são variantes dessas poucas.

Mas entre o sabido (mesmo se na carne) e o aplicável à vida (ainda que no papel) está a distância entre o efeito do real e a verdade, a habilidade com a faca e o golpe mortal. E, apesar de se policiar, as metáforas continuaram, e continuam, a vazar de sua mão.

O tema lhe veio a propósito de uma noite, vivida num trem, no fim daquela primeira viagem a Madri. A mesma em que conhecera, em Granada, a prima e a *abuelita*. A cicatriz e os cristais. Não se recordava de onde partira — é provável que fosse Lisboa —, mas apenas que seu destino era a capital espanhola, e lá só chegou no dia seguinte, para pisotear a luz da manhã, como um dos milhares de passageiros que desembarcaram em Atocha.

Acomodara-se numa cabine de segunda classe com sete outras pessoas — e um cão que, fiel ao dono, viajou oculto sob sua poltrona. Com a lotação completa ali e as luzes ainda acesas, foi obrigado a se enturmar. Havia três uruguaios, duas italianas, um alemão (e seu cachorro) e, para sua surpresa, uma brasileira, que se sentara entre ele e a janela.

Tornaram-se íntimos, como podem se tornar, de repente, dois jovens desconhecidos, do mesmo país, que se aventuram pelo mundo, sentindo-se invulneráveis ao massacre do tempo. Ao contrário, a ele se entregavam com espontaneidade. Ela era gaúcha, estudava na Alemanha, viera passar o verão na Espanha. Conversaram longamente, alegres por estarem ali, a partilhar aquele instante.

A certa hora, os passageiros, já cansados, começaram a se ajeitar para dormir. Alguém apagou a luz da cabine. A madrugada esfriou. A jovem retirou uma manta que trouxera na mochila e se cobriu, dividindo-a com ele. Foi difícil se aquietar, ele recorda. O sono foi cortado por lampejos de vigília, nos quais sentia o corpo dela imantado ao seu, e agradecia pela comunhão que aquela presença lhe proporcionava.

Antes que amanhecesse, percebeu que ela saíra da cabine e levara a mochila consigo. O vazio o atirou à realidade e ele experimentou uma súbita sensação de perda. Sem saber o motivo, veio-lhe uma metáfora: o mundo ali, sempre no seu curso, sobre trilhos. E nele havia quem viajava há mais tempo, quem desceria na próxima estação e quem subiria. Algumas paisagens só os velhos passageiros conheceriam; outras, de trechos vindouros, apenas os recém-embarcados contemplariam. E, assim, naquele entra e sai desordenado e infinito, um consenso de pontos de vista era impossível.

A gaúcha retornou à cabine, ajeitou-se ao seu lado e adormeceu. Mas ele continuou com a impressão de que ela saltaria do trem antes de seu destino. A verdade o desmentiu: chegaram a Madri, saíram juntos do trem e trocaram endereços, embora no fundo ele soubesse que jamais se reencontrariam.

Anos depois, ele estava se mudando para um novo apartamento. Remexia umas caixas, onde guardava mapas de viagem, quando achou o tíquete do trem em que ela anotara o endereço. Delicada era a letra e bonito o sobrenome germânico. Por onde a gaúcha andaria? Vieram-lhe, num golfão, as conversas naquela cabine, o alemão com seu cachorro, as mãos entrelaçadas debaixo da manta.

Mais tarde, pegou o jornal para ler: a matéria principal era o acidente aéreo ocorrido no aeroporto de Congonhas, em São Paulo. O avião, vindo de Porto Alegre, derrapara na pista e se espatifara contra um depósito de cargas, incendiando-se em seguida.

Folheou os cadernos do jornal e, numa página da reportagem, deu com a lista de mortos. Sem muito interesse, correu os olhos pelas primeiras linhas. E lá, lá estava o nome dela, que havia pouco ele vira no tíquete do trem. Poderia ser uma homônima, cogitou, com alguma esperança. Mas ele sabia que não era uma metáfora do universo. Ela saltara da vida mais cedo.

Supercílio

Para que ocorram, as coincidências seguem um itinerário fixo, como um trem preso aos trilhos, cada ato leva precisamente ao próximo, e assim por diante. Se houver um erro mínimo, a magia descarrila, as linhas não se igualam, a conclusão é um fato comum, não a sutura de duas bordas.

Era, dessa vez, uma outra viagem. O destino, Hamburgo, onde ele participaria de um congresso de comunicação. Dessa vez também foi um corte, não em seu dedo, mas no rosto de outro homem.

O voo, com escala em Frankfurt, chegou à cidade no fim da tarde. Depois de desembarcar, enquanto aguardava a mala diante da esteira, ele se lembrou de sua primeira visita a Hamburgo.

Na ocasião, vindo a passeio, permanecera ali apenas dois dias. Mas gostara do que havia conhecido: o porto, o lago Alster, o bairro dos armazéns. Tanto que, tempos depois, se viu estudando a história da cidade para escrever um artigo — não por acaso chamado "A memória sangra" —, sobre as lembranças de uma família judia em fuga para o Brasil durante a Segunda Guerra Mundial.

O passado e a sua realidade àquela hora no aeroporto, diante da esteira rolante, estavam em pleno alinhamento, já que a temática principal do congresso era justamente as migrações pelo mundo.

A esteira parou de girar e a mala não apareceu. Ele foi reclamar a bagagem extraviada. A atendente pediu que preenchesse um formulário. Assegurou que a mala, já rastreada no aeroporto de Frankfurt, chegaria ao hotel às onze da noite.

Pegou o trem e seguiu para a Estação Central, ao redor da qual se localizavam seu hotel e a Universidade de Hamburgo, onde se realizaria o congresso. Sem roupa para trocar, sentia-se como imigrante em condição clandestina, à medida que a noite lá fora entrava pelas janelas do trem e se espalhava em seu interior.

Uma hora depois, desceu na Estação Central e seguiu a pé para o hotel. Fez o *check-in* e saiu para jantar num restaurante das redondezas. Uma professora, sua amiga, que também vinha ao congresso, em voo partindo de Londres, devia estar chegando. Ao retornar, ele de fato a encontrou no hall do hotel — ela estava saindo para fumar.

Foram a uma área entre a portaria do hotel e o jardim, onde outros hóspedes, em pé, fumavam, observando o trânsito. A amiga comentou que, embora o congresso começasse no dia seguinte, se ele quisesse, dada a curta distância, poderiam ir à universidade, a poucos metros dali, para fazer o credenciamento e apanhar o kit de congressistas. Pela programação divulgada no site, àquela hora haveria um coquetel de boas-vindas.

Ele argumentou que não tomara banho, aguardava a mala, a qual, a se julgar pela competência alemã, em breve seria entregue no hotel — assim, preferia continuar ali, à espera. A amiga concordou, e lá permaneceram, conversando sobre o evento, motivados, em especial, pela palestra de abertura, a ser ministrada por um inglês, autor de várias obras sobre diáspora.

Então, viram um vulto a se esgueirar pelo passeio do jardim, entre as sombras das árvores, movendo-se cambaleante, e que por pouco não desabou sobre o canteiro. Se chamou a atenção dele e da amiga, maior foi o espanto de ambos quando, adentrando a zona de luz, o vulto se revelou um velho com a roupa suja de terra — uma das mãos a cobrir o rosto ensanguentado.

Ele e a amiga correram para acudi-lo. Levaram-no a um banco, à entrada do hotel, onde o fizeram sentar, e, embora sem prática em primeiros socorros, examinaram seu ferimento. Notaram que o sangue saía de um corte fundo no supercílio e, enquanto ele foi buscar algo para estancar o sangramento, ela tentava, em vão, saber o que acontecera com o homem. Este se expressava de forma gutural, como se seu juízo não alcançasse mais as palavras.

Ele voltou com um maço de papel-toalha, os dois limparam o rosto do velho (a ferida não parava de sangrar) e continuaram se esforçando para sacar alguma informação dele. Não compreendiam se seus murmúrios eram respostas em uma língua desconhecida, ou apenas lamentos.

Sem a explicação que só a vítima poderia lhes dar, e ao menos como tentativa para compreender o ocorrido, concluíram que o velho havia caído quando caminhava e, na queda, batera a cabeça numa pedra, razão de seu ferimento e sua desorientação.

Mas era preciso dar um fim àquela história. Ele (desde que cortara o dedo vivia mais atento aos danos dos objetos pontiagudos) disse à amiga que urgia levar o velho ao hospital, aquela ferida só se fecharia com pontos. Ela concordou, seria inútil pedir ajuda aos alemães que lá estavam, à porta, fumando e assistindo à cena, indiferentes.

Ele se dirigiu à recepção do hotel e voltou acompanhado de dois funcionários. Um reconheceu que o velho estava hospedado lá, e o outro, tão logo observou o corte, foi chamar o resgate.

Uma ambulância chegou, os paramédicos se puseram em ação, e só aí ele percebeu que o velho trazia, a tiracolo, uma bolsa de pano com o logotipo do congresso. Seu pendor para a ficção, ou para ler nos rastros as linhas verossímeis de uma trama, levou-o a imaginar que o velho tinha ido ao coquetel na universidade, saíra de lá bêbado e sofrera uma queda — com o consequente corte no supercílio e a amnésia provisória. Ia comentar com a amiga sua hipótese, mas notou a van da companhia aérea estacionar, e dela sair sua mala, arrastada por um mensageiro. Era hora de pôr fim àquela noite, embora a noite seguisse aberta.

A manhã, enfim, despontou: ele e a amiga despertaram cedo, tomaram o café no salão do hotel e seguiram a pé para a universidade. Ao chegar, registraram-se no congresso e foram para o auditório, onde mais de mil pessoas aguardavam a palestra de abertura sobre a diáspora no mundo.

Sentaram-se ao fundo, havia poucas poltronas vagas. Mas de lá, quando anunciaram o conferencista, ele viu, não sem assombro, subir ao palco o velho da noite anterior — o pequeno curativo no supercílio.

Futuro

A tia, na casa de quem ele viveu em São Paulo quando era estudante de comunicação, apresentou-lhe ao mestre iogue. Ele então passou a frequentar semanalmente o instituto Chela Yoga. Foi lá que aprendeu a venerar o deus das pequenas coisas e a caçar epifanias. Há quem diga que a virtude (e o defeito) de sua obra literária está em sua ênfase às ninharias do cotidiano. Para ele, no profano reluz o sagrado; no ordinário, o extraordinário.

Enquanto estiver convicto de sua bem-aventurança — mesmo que por vezes suas limitações o angustiem —, será grato a esse mestre. Um dia, quem sabe, escreverá um livro sobre seus ensinamentos.

Por ora, interessa-lhe narrar um episódio: estava prestes a publicar seu primeiro romance e queria ouvir a opinião do mestre. Talvez por insegurança, talvez porque o núcleo da trama — um homem descobre o seu duplo — fosse assunto tratado, ainda que tangencialmente, nas aulas de ioga.

O mestre recebeu os originais de *A lua do futuro* e, não obstante seus muitos afazeres, lançou-se à leitura. Devolveu-os dias depois, justamente quando ele, com a outra mão, lhe entregava o convite de seu casamento.

O mestre disse que só se podia avaliar o valor de uma obra após onze anos — onze é o primeiro número palíndromo, realçou. Portanto, que ele publicasse o livro e se esquecesse de seus frutos ao longo desse tempo. O mesmo valia para o seu casamento.

Aprendiz abnegado, ele seguiu a orientação, dedicando a obra ao mestre e à jovem com quem se casara.

Depois de onze anos e várias reedições do livro, a editora que o publicou propôs o distrato. No mesmo dia, o casamento dele terminou. E o mestre morreu.

Sal

Depois que partiu de Granada, naquela primeira viagem à Espanha, resolveu viajar para o Marrocos. Passou o estreito de Gibraltar e foi a Tânger e a Fez. Ao retornar, parou em Algeciras, onde dormiu uma noite no saguão de um albergue lotado, cujo porteiro, um português, se apiedou dele e permitiu que se ajeitasse por ali, não sem antes cobrar o preço de um quarto e lhe exigir a *propina*.

Tentou permanecer mais um dia na cidade, batendo em *hostais* e pousadas e até mesmo em hotéis caros. Mas era alto verão, Algeciras sangrava turistas, e ele não encontrou vagas em lugar nenhum. Foi à estação rodoviária comprar passagem para algum *pueblo* da Andaluzia. Decidiu-se por Málaga e para lá seguiu num ônibus lotado. Nem imaginava que um enxame de viajantes, sedentos de praia, até mais do que em Algeciras, já entupia a cidade.

Desembarcou às seis da tarde em Málaga, mas, como o sol persistia no céu até dez, onze da noite, calculou que teria tempo de sobra para achar um *hostal*. Pôs-se a procurar ali, nas cercanias, onde, pela proximidade e pelos preços baixos, os mochileiros costumavam ficar. Não encontrou vagas nos primeiros, mas imaginou que adiante haveria alguma *habitación*.

Embrenhou-se pelas ruas da cidade. Procurou, procurou, e nada. Quando se deu conta, passava das nove horas. Começava a se inquietar quando, no último albergue, o porteiro comentou que naquela noite havia uma festa tradicional em Málaga, seria impossível encontrar algum quarto.

Ele passara por muitas praças com gramados, onde poderia se deitar, mas, como soubera ao chegar à Espanha, a polícia corria os logradouros públicos, expulsando quem se arriscasse a dormir ali.

Foi quando viu três jovens, que caminhavam juntos no fim da

rua, se separarem, e cada um entrar num *hostal*. Segundos depois, saíram, um a um, e se reuniram novamente. Na certa buscavam pouso e, como ele, não estavam achando. Foi na direção deles, e, em conversa com os jovens, confirmou sua suspeita.

Eram mexicanos, e dali seguiriam para Toulouse, onde um amigo os esperava. Estavam desolados. Tinham chegado a Málaga ao meio-dia, haviam conseguido passagem para Toulouse somente para o dia seguinte e, desde então, rodavam pelas ruas da cidade atrás de hospedagem. O mais velho, para unir forças e reanimar os demais, disse-lhe: *venha com a gente, vamos procurar juntos.*

O convite avivou sua esperança. Se era mais difícil encontrar vagas para quatro pessoas, menos solitária se tornava sua peregrinação, que, nem era preciso lembrar, começara pela manhã em Algeciras.

Com ímpeto renovado, prosseguiram a procura pelas adjacências, entrando em outros albergues, mas saindo deles sempre com o não nas faces suadas — o calor não arrefecia, apesar da expansão da noite. A uma dada hora, sentaram-se num café. O mais velho propôs que pegassem um táxi e fossem a uma zona afastada do centro, onde talvez os turistas não tivessem ainda tomado as pousadas. Houve certa resistência, por conta do custo do deslocamento e pela incerteza do resultado. Então, foi estipulada uma quantia para aquela tentativa, a ser dividida entre os quatro. Alcançado esse valor, saltariam do táxi e continuariam a busca a pé.

Abordaram, então, um taxista, e este, apesar de pouco amigável, aceitou fazer a corrida. O melhor seria levá-los a um bairro distante, e para lá se dirigiu. Quando entrou numa longa avenida, disse, *se não encontrarem aqui, só no camping!* O grupo combinou um revezamento: dois permaneceriam no táxi, enquanto outros dois desceriam e entrariam nos *hostais* para perguntar por vaga; ao retornarem, o carro prosseguiria, e, mais adiante, a outra dupla repetiria o procedimento.

Já passava da meia-noite e eles continuavam sem perspectiva, o valor combinado com o taxista prestes a ser alcançado. O mais velho decidiu: *leve a gente pro camping!* Não tinham equipamento para acampar, mas lá, pelo menos, poderiam dormir no chão, livres da repressão policial. O táxi estacionou numa rua erma. A corrida foi paga, e os quatro seguiram a pé, adiante.

Ele se sentia exausto, mas esperançoso. Apesar do escuro, via-se, pelo vão das cercas do camping, o amontoado de barracas coloridas entre as árvores. Mas, quando se aproximaram do portão, notaram numa placa os dizeres: *no hay plaza*. Um dos mexicanos, enfurecido, chutou o portão, fechado com cadeado, e tentou escalá-lo. Mas, àquela altura, faltavam-lhe braços.

O mais velho retomou a iniciativa e foi margeando o camping. Caminhava com firmeza, seguido pelos demais. Conforme avançavam, perceberam que, adiante, se insinuava uma avenida de terra, à beira-mar, onde a luz fraca de um bar oscilava.

Dirigiram-se para lá e, quando se acercaram, a luz se apagou e umas vozes foram se afastando, se afastando, até silenciarem. O luar lhes indicou uma amurada em frente ao bar, e, saltando na areia, os quatro ali se acomodaram, fazendo de suas mochilas travesseiros.

Ele fechou os olhos. O som da maré o embalou e a brisa do mar refrescou seu corpo quente. Aspirou, seguidas vezes, o aroma do sal, que lhe pareceu uma bênção. E adormeceu feliz.

No dia seguinte, sua consciência foi abruptamente ligada. Uma corrente fina, mas persistente, de água fria caía sobre sua cabeça. Ele se levantou, assustado, e demorou para compreender o que ocorria: uma mulher lavava a soleira da porta do bar. A água, jorrando da mangueira, penetrava numa fenda da amurada e gotejava no lugar onde ele se deitara. Os mexicanos dormiam, incólumes; uma gaivota rasgava o céu.

Mas, se contou esse fato muitas vezes após retornar ao Brasil — não pelo longo dia à procura de cama, mas por aquele aroma de sal aspirado à noite, aroma que jamais sentiu em outra praia —, ele, aos poucos, premido pelas urgências diárias, foi se esquecendo de tudo, tudo.

Soterrada se manteve aquela lembrança até mesmo quando, passados vinte e dois anos — vinte e dois, o segundo número palíndromo —, ele voltou a Málaga para um congresso. Queria fugir da algaravia do hotel oficial dos congressistas e escolheu, pela internet, uma pousada distante do centro.

No aeroporto, pegou um táxi (outros eram os tempos) e rumou para lá. Era noite madura e longo foi seu trajeto até a pousada, numa praia distante do centro da cidade. Num trecho do caminho, que lhe pareceu familiar, avistou uma extensa área arborizada, imersa na escuridão. Era o camping, desativado, o que ele só foi saber depois.

No dia seguinte, iria ao congresso só à tarde. E, como estava no coração do verão, caminhou até a praia para se banhar. Havia uns bares rústicos na orla e seus pés o levaram até um deles. Sentou-se à mesa e pediu uma cerveja. Sem um motivo maior, ficou observando a mulher que o serviu. Ela — o quanto envelhecera! — pegou a mangueira e começou a jogar água ali.

Ele fechou os olhos. A brisa refrescava seu corpo quente e o som da maré o embalava. Sorveu o ar e, então, sentiu aquele (aquele) aroma de sal. Sorveu outras vezes o ar e exalou-o, devagar, sentindo a certeza, como uma gaivota, pousar em suas mãos.

Abriu os olhos e caminhou até a amurada, em frente ao bar. Lá embaixo, os mexicanos, despertos, riam da água, certeira, que caía sobre sua cabeça.

Flores

Tanto já se disse dos sonhos — e a única coisa de que ele tinha certeza sobre esse tema era que os sonhos nunca coincidiam com a realidade. Podiam se aproximar ao máximo, como a Lua e a Terra no perigeu, mas nunca se tocavam, havia sempre nuances na matéria sonhada (ou nas malhas do real) que, à semelhança de arestas, jamais permitiam o encaixe perfeito. Ao menos até aquele dia, quando a carta de Amanda, sua amiga, mencionando um sonho com flores, perfurou, como um espinho, a certeza que ele tinha dessa impossibilidade.

Sempre gostou de flores, e não apenas das delicadas orquídeas, ou dos perfumados lírios à beira das terras alagadas. Os cactos, com suas flores rústicas, também o encantavam, assim como as rosas do deserto — colhera duas no Saara e ali estavam, à sua vista, sobre a estante —, embora, de rosas, elas só tivessem o nome: eram formações rochosas. Shakespeare teria apreciado o tuaregue que deu àquelas pedras o nome de rosa — não foi ele, afinal, quem disse "o que chamamos rosa teria outro cheiro com outro nome?".

Simples era o sonho que a amiga lhe contava na carta: talvez porque, nos últimos tempos, vira repetidas vezes aparecer um buquê de flores (num filme hollywoodiano, num comercial de tevê, nas mãos de um vendedor diante do farol vermelho, na capa do livro de Mario Bellatin), ela sonhara que a presenteavam com um ramalhete de gérberas.

E eis que, uma semana depois, sem que comentasse com ninguém seu sonho, recebeu no trabalho, sem um cartão que identificasse seu autor, um ramalhete de gérberas!

Ao ler a carta da amiga, ele sorriu com mais aquele fenômeno inexplicável — o sonho dela se derramara no plano da realidade.

E mais: minutos antes, folheando o *Livro dos sonhos*, de Borges, ele se deparara com o "episódio" narrado pelo poeta Coleridge: "Se um homem atravessasse o Paraíso em um sonho e lhe dessem uma flor como prova de que havia estado ali, e se ao despertar encontrasse essa flor em sua mão... então o quê?".

Então Amanda nunca descobriu quem lhe enviou as flores. E ele passou a considerar que a realidade, mesmo fato raro, pode se dar também sob a forma idêntica de um sonho.

Tradução

Antes, para ele, o único leitor que poderia ir à raiz de um texto era o revisor. A esse profissional caberia não apenas corrigir erros, mas fazer coincidir, como ponto de interseção entre duas coordenadas, a expressão do autor e a sua verberação precisa na esfera da língua. A nuvem, e suas pontas difusas, espelhada na poça d'água. O revisor que trocou o sim pelo não, em *História do cerco de Lisboa*, exemplificava as consequências da sobreposição desigual, da colagem malfeita entre essas duas forças — o rio-autor e as suas margens (que premem ou alargam o curso).

Com o tempo, percebeu que o tradutor de um texto, visto como seu recriador em outra língua, realiza tarefa símile à do revisor, mas, inegavelmente, mais complexa: não só a de fazer coincidir a expressão do autor de um idioma com o outro, pele sobre pele, sem restar arestas, senão também a de igualar sua intrincada rede de ossos e a posição de seus órgãos internos — incluindo, claro, o coração.

Assim, com respeito, foi que tomou conhecimento, certa noite, à mesa do jantar de sua primeira residência literária, do esmerado trabalho daquela tradutora italiana à sua frente. A Ledig House, no vale do rio Hudson, abrigava, naquela sessão de primavera, dez escritores de diversas nacionalidades. Ele era o último a chegar lá, por um atraso na emissão de seu visto consular.

Havia trocado apenas algumas palavras de conveniência com a tradutora; tanto ele quanto ela eram lentos para se soltar; da mesma cepa, escondiam-se atrás de sorrisos e silêncios. Mas, à medida que se adaptavam à dinâmica da casa, passaram a se mirar com mais atenção, tentando decifrar o texto que levavam às costas. E, sobretudo, descobrir que este não coincidia com a interpretação inicial feita por aquele.

No fim da residência, quando já haviam se tornado amigos, confessaram o que, nos primeiros dias, equivocamente, achavam um do outro. Ela — leitura apressada, restrita à superfície textual, porque ele se parecia com o homem que havia pouco a abandonara — não o lia como de fato ele era; se não chegava a ter antipatia por ele, fazia-se de arisca. Ele — porque a tradutora lhe recordava a mulher com quem havia rompido antes de sair do Brasil — queria se aproximar, rever a outra no espelho d'água dela. Sentimentos iguais, mas de sinais trocados.

Enfim, a história de ambos, ao menos naquele trecho, coincidia. E, quando descobriram as semelhanças, puseram-se a se ler, mutuamente, com deleite, e a traduzir com a maior fidelidade possível os seus instantes, este para aquele, e vice-versa.

Esse misto de desafio e prazer foi mais difícil para ele, que mal falava outro idioma senão o seu, enquanto ela, especialista, transitava tão bem no inglês como em seu italiano natal: traduzira, inclusive, obras de três vencedores do Prêmio Nobel de Literatura.

Ao voltar para São Paulo, ele lhe escreveu um conto — *o único que alguém me dedicou até hoje*, ela disse, por telefone —, no qual um homem, que nem sequer sabia se expressar bem na própria língua, por um dom incompreensível, traduzia com facilidade, quase como se fosse sua invenção, todo o silêncio de uma mulher à sua frente na mesa de jantar.

Talvez para coincidir (será o verbo correto?) com esse gesto dele, ela se pôs a aprender português. Pediu-lhe que enviasse alguns de seus contos. Escolheu um deles e, generosamente, traduziu-o para o italiano, publicando-o no jornal *Il Manifesto*.

Não foi surpresa para ele, quando recebeu o jornal pelo correio, que o conto eleito por ela se chamava *Casais*.

Sobre a poça d'água, a nuvem paira e se espelha, perfeita.

Bens

Se o nascer é um sair da terra e o morrer um retornar a ela, as duas pontas, embora em tempos distintos, igualam-se um dia. Ele está, agora, nesse entremeio — e, na noite anterior, antes de dormir, por acaso (acaso, de novo?), caiu-lhe nas mãos um livro sobre o antigo Egito.

Folheou-o sem um objetivo, e, quando ia fechá-lo, um cisco de interesse entrou em seus olhos, ao ver a foto de um sarcófago aberto, no qual jazia um faraó ladeado por objetos cintilantes de ouro. A legenda informava que os nobres daquele tempo eram enterrados com seus pertences — lembrava-se de ter lido algo sobre o assunto, em criança —, pois acreditavam que, havendo outro mundo, no qual viveriam após a morte, lá chegariam de posse de seus bens.

Leu algumas linhas desse livro, que contava a história de Seth, Psusennes I e Tutancâmon, e aos poucos se enterrou num sonho escuro. Saiu de suas malhas com a luz da manhã — e, depois do café, seguiu para um colégio, numa cidade vizinha, onde se encontrou com estudantes que haviam lido seu romance *Aos 7 e aos 40*.

Como noutras vezes, o roteiro pouco variou — ele contou alguns detalhes da elaboração do livro, respondeu a uma dezena de perguntas, recebeu das mãos da professora um brinde com o logotipo da escola e sentou-se, ao final, para autografar os exemplares dos alunos.

Foi aí que se deu o inesperado, quando o entremeio do encontro se deslocou para a segunda ponta, para selar o desfecho: os alunos, logo que ganhavam o autógrafo, pegavam seus materiais e iam embora. O último da fila, contudo, chegou até ele sem exemplar algum; certamente, era um daqueles estudantes que, tendo esquecido o livro em casa, pediriam o autógrafo numa folha qualquer de papel.

O garoto, tímido, disse que tinha algo para lhe contar. Ele fez um gesto com a cabeça, que significava *pois conte*, e se manteve em silêncio, à espera.

Então ouviu o menino contar que a avó era uma velha leitora de sua obra, a avó tinha na estante todos os seus livros de contos, a avó sabia parágrafos inteiros de muitas de suas histórias, a avó só não sabia que ele publicara aquele romance — senão quando o viu nas mãos do neto, num almoço de domingo.

Ele ouviu o menino contar que, por iniciativa da avó, os dois haviam lido juntos *Aos 7 e aos 40* (embora ela tivesse 80 anos e o neto, 14). Ele ouviu o menino contar que a avó morrera um dia depois de terminarem a leitura do romance. E que depositara o livro no ataúde dela — por isso, ali estava de mãos vazias.

De mãos vazias, ele também estava. Mas com os olhos cheios, para sempre, do rosto daquele menino que, à sua frente, reluzia.

Olho mágico

Dizem que se pode ler o futuro nas cartas do tarô, na borra do café, na palma da mão. E há outras maneiras de vaticiná-lo. Mas nunca lhe ocorreu que seria possível ver o futuro pelo olho mágico, ao menos para ele, um míope, incapaz de, não poucas vezes, definir nítidas evidências a poucos metros.

Ele fora convidado a fazer parte do júri de um festival publicitário em Cuiabá. Terminados os trabalhos do segundo e último dia de avaliação, retornou ao hotel a fim de descansar para a cerimônia da noite, quando então fariam a entrega dos prêmios aos vencedores.

Estranhou o número de moças à porta do hotel, o cordão de isolamento no saguão, o misto de euforia e nervosismo dos atendentes na recepção. Algo se passava ali, e, mais por cansaço que por desinteresse, ele não quis saber o motivo de tal frisson. Entrou direto no elevador e foi para o seu quarto. Tomou banho e, com a toalha enrolada ao corpo, deitou na cama e adormeceu.

Não sabe se vinha dos meandros do sonho ou da rua lá fora o vozerio distante que, vez por outra, se intensificava, e do qual eclodiam alguns gritos. Em meio a esses sons, e sobrepondo-se a eles, insistentemente, soava uma campainha. Demorou para entender que alguém batia à porta de seu quarto. Atordoado, correu dizendo, *já vai, já vai*, e olhou antes de abrir. Distinguiu, pela angulação deformadora do olho mágico, uma garota com um caderno nas mãos. A campainha soou outra vez, e, esquecido de que estava seminu, abriu a porta.

A jovem chegou a dizer, *um autógrafo, um autógrafo*, mas logo percebeu que não era ele quem ela procurava, e, vendo-o envolto na toalha, correu pelo corredor e se lançou escada abaixo. Sem lamentar o equívoco — até seria lisonjeiro (não obstante improvável) para um escritor desconhecido a ousadia de uma fã —, ele supôs, como depois confirmou, que havia um ídolo de rock no hotel.

Três anos depois, foi de novo convidado para ser jurado daquele festival publicitário. Sua namorada — uma ex-aluna a quem ele havia procurado longos anos, e que só então reaparecera — o acompanharia, mas um imprevisto no trabalho a obrigou a ir ao seu encontro somente dias depois.

Então, assim como na primeira oportunidade, finda a reunião do júri que escolheu os premiados, ele voltou para o hotel — o mesmo da outra vez, mas, agora, sem hospedar nenhum ídolo de rock e envolto numa atmosfera de calmaria.

Ele tomou banho e, enrolado na toalha, deitou-se na cama para relaxar. Adormeceu. Preso a um sono convulso, ouviu, seguidas vezes, o som da campainha e, então, ergueu-se atônito, alguém o procurava em seu quarto. Mirou antes de abrir e aí experimentou aquela sensação de déjà-vu: pela angulação deformadora do olho mágico, viu uma jovem com um caderno nas mãos, assim como da primeira vez.

Abriu a porta. A moça, em vez de pedir um autógrafo e correr pela escadaria ao vê-lo seminu, sorriu e entrou. Era a namorada, que chegava de viagem. Lembrando-se da imagem vista pelo olho mágico três anos antes, ele teve certeza: seu futuro seria com ela. E vem sendo. E será.

Cupido

Outra vez ele se viu, de repente, na condição de mensageiro. E dois também foram os episódios — o segundo a se emparelhar ao primeiro, como seu encaixe perfeito embora com sinal inverso. Um longo tempo os separou, mas, ao desfecho de ambos, ele emprestou as palavras para o destino dar o seu recado.

Era jovem e, com a mochila às costas, embarcara num trem em Madri rumo a Lisboa. No vagão, fez amizade com um grupo de italianos que ia para lá e, em seguida, para Estoril. Como estava sozinho — no fundo, sempre estamos, ele acredita —, juntou-se àqueles viajantes. E estes o acolheram com exagerada atenção; era um brasileiro (falava português), podia ajudá-los se tivessem dificuldade com a língua.

Ficaram quatro dias em Lisboa, passeando pela cidade, e depois seguiram para Estoril. Lá se hospedaram atrás do cassino, numa casa de família, que também servia refeições a preços modestos — algo comum naqueles tempos. O dono da casa, Jerônimo, fora perseguido pelo regime de Salazar, perdera pais e irmãos em conflitos com as forças do ditador. Era um homem superlativo. Mas ele, moço, ainda não sabia ler as pessoas.

Divertiu-se com os italianos em Estoril e se afeiçoou a eles. Mas desejava ir a Sintra e, de lá, retornar à Espanha pela Extremadura. No dia de sua partida, foram à praia do Guincho, onde, enquanto conversavam na areia, um dos italianos se interessou por uma jovem portuguesa, sentada à sombra de um guarda-sol. Como o desconhecimento da língua atemorizava o *ragazzo*, pediu que ele o ajudasse. E ele, tímido até mesmo para agir em causa própria, teve de se soltar por motivo alheio.

Explicou à moça, em bom português, que o italiano desejava conhecê-la, e, embora sem experiência alguma como Cupido, conseguiu o aval dela. Daí em diante, lembra que os deixou frente a frente, o oceano ao fundo. Voltou à pensão, despediu-se de Jerônimo e partiu sem rever o amigo.

Nos meses seguintes, trocou longas cartas com o italiano, que lhe contou como aquele primeiro encontro, graças a ele, fora se tornando um namoro sério com a jovem portuguesa. Do namoro, saltaram para o noivado. Do noivado, para o casamento. E eis que viviam, felizes, em Nápoles, e já tinham uma filha. O amigo aprendera português e sua jovem esposa, italiano.

A amizade entre ele e o casal seguiu durante anos por telefone, skype, e-mail. Por três ocasiões, a família veio ao Brasil e o encontrou. Passaram, inclusive, um Réveillon juntos no Rio de Janeiro. Também ele, sempre que ia à Itália, os visitava em Nápoles, e, na penúltima vez, admirou-se com a filha dos dois, uma moça tão bonita quanto a mãe, naquela tarde na praia do Guincho, a encantar o italiano.

Na última vez que se viram, ele viera a Roma para uma série de compromissos e não tinha tempo de ir até Nápoles. Para sua alegria, o casal se deslocou até Roma, antes que ele retornasse ao Brasil.

Mas, ao reencontrá-los, viu uma história no rosto de ambos, que, embora tentassem disfarçar com sorrisos sinceros, estava coberta de sombras. Foram almoçar num restaurante na Piazza Navona e, lá chegando, enquanto ela foi ao toalete, o amigo italiano, antes que ele fizesse a pergunta, disse-lhe, *viemos pra te pedir desculpas*.

Desconcertado, só entendeu o que se passava quando ela, de volta à mesa, questionou o companheiro, *você já disse a ele?* O amigo o mirou, baixou a cabeça e respondeu, *não*. E nem precisava. Ele já entendera tudo: estavam se separando. Ficou em silêncio, como o próprio casal, por um longo minuto. Um garçom veio anotar os pedidos e os arrancou daquela situação.

Achou nobre a atitude dos dois. Nunca imaginou que pudesse ter sido fundamental no começo de uma história de amor e, igualmente, em seu fim.

Às vezes, ele pensa no amigo, na mulher, na filha do casal. Gostaria que estivessem em paz. E que não exista um sentido oculto nesta história, além da certeza de que o tempo, aos poucos, recolhe, uma a uma, as flechas lançadas por Cupido.

Sol

Talvez tenha sido graças à cegueira, como aconteceu com Tirésias, que Borges aprendeu a ler o escuro e encontrar, entre as dobras das sombras, linhas coincidentes, relatos repetidos com pequenas (e transformadoras) variações, histórias com pontos de interseção convergindo para o aleph.

Era o que ele pensava, depois de reler *Pierre Menard, autor do Quixote*. Nesse conto, visando transpor para sua língua o *Dom Quixote*, de Cervantes, o escritor francês Pierre Menard acabara por produzir uma obra na qual cada linha era idêntica à da narrativa clássica. Coincidência em todas as letras.

Coincidência: estar à beira de um lago e ver emergir de suas águas o sol (ou um monstro) real, que antes vivia apenas em sua imaginação.

Coincidência: o esperado que se dá num momento inesperado.

Era o que também ele achava depois de ler a "Canção do monstro do lago Ness", do poeta escocês Edwin Morgan. Como traduzi-la para o português, senão com as mesmas palavras do poema original?

Sssnnnwhufffll?
Hnwhuffl hhnnwfl hnfl hfl?
Gdroblboblhobngbl gbl gl g g g g glbgl.
Drublhaflablhaflubhafgabhaflhafl fl fl —
gm grawwwww grf grawf awfgm graw gm.
Hovoplodok-doplodovok-plovodokot-doplodokosh?
Splgraw fok fok splgrafhatchgabrlgabrl fok splfok!
Zgra kra gka fok!
Grof grawff ghaf?
Gombl mbl bl —
blm plm,

blm plm,
blm plm,
blp.

Foi assim, como se estivesse descalço próximo a um lago, que outra dessas histórias de coincidências chegou até seus pés, molhando a sua atenção. E ele, com respeito e reverência, a recolheu como uma concha.

A concha foi trazida por uma conhecida, Chris Ritchie. Ela fazia mestrado em literatura escocesa e seu objeto de estudo era o poeta Edwin Morgan. Com o poeta, e também com o professor Robert Crawford, da Universidade de Saint Andrews, especialista na obra de Morgan, Chris trocava correspondência.

Para aprofundar sua pesquisa, depois do exame de qualificação, ela viajou para a Escócia, com planos de lá se encontrar com Morgan e Crawford.

Aterrissou à noite em Edimburgo e se hospedou no dormitório da própria universidade. Na manhã seguinte, ainda sob efeito do jet lag, chegou tarde ao refeitório, no ápice do movimento, aquele zum-zum-zum de estudantes — *Gdroblboblhobngbl gbl gl g g g g glbgl. Drublhaflablhaflubhafgabhaflhafl fl fl* — que iam de lá para cá, e ela, com a bandeja na mão, cheia de iguarias do *Scottish breakfast*, procurou em vão uma mesa para sentar.

Por sorte, um velho, magro e despenteado, se ergueu da mesa onde estava, mostrou-lhe uma cadeira vazia e a chamou para se juntar a ele. Apesar de o velho ser tímido, a conversa entre os dois se abriu.

E logo ela descobriu que ele era o professor Robert Crawford. E Crawford descobriu que ela era a estudante brasileira com quem vinha se correspondendo.

Mas outra fatia de inesperado havia nesse encontro esperado: surpreso com a coincidência, Crawford, de repente, libertando-se da discrição acadêmica, subiu na mesa e começou a declamar — *sssnnnwhuffffll?! Hnwhuffl hhnnwfl hnfl hfl?* — a "Canção do monstro do lago Ness".

Para Chris, foi o café da manhã mais memorável do qual se lembra. E, depois da performance de Crawford, como no poema

"Morangos", de Morgan, os dois ficaram "olhando um para o outro/ sem apressar o fim da festa". O refeitório se esvaziou e a luz do sol, antes oculta, começou a bater na mesa onde estavam e os chamou para a vida.

Quieto, com essa história nas mãos, ele se recorda de outros versos de Morgan: "deixe o sol bater/ sobre o nosso esquecimento". Quando se vive uma coincidência desse tipo, ele pensa, o sol não bate sobre o nosso esquecimento: o sol bate (para sempre) em nossa lembrança.

De olhos bem abertos

Também no escuro pode acontecer, como se uma sombra procurasse por outra, às apalpadelas, e — de súbito — a encontrasse. Do toque e do consequente acoplamento de ambas cintilaria a coincidência. Igual a olhos que não se abrem ao mesmo tempo, mas que se fecham, adentrando em uma análoga camada de trevas.

Ou ele poderia dizer de outra forma, convocando as palavras de Santo Agostinho: "eis que habitáveis dentro de mim, e eu lá fora a procurar-vos!". Sim, porque ela, que anos antes havia sido uma de suas alunas, lhe contou, à moda de confissão — quando tomavam uma taça de vinho na Plaza de Santa Ana, em Madri — como conhecera aquele que, então, se tornaria seu marido. E esse marido estava ali, ao seu lado, de costas para o Teatro Español, e, não por acaso, também fora aluno dele.

O casal estava vivendo lá havia alguns meses, o marido se dedicava à produção de roteiros e ela trabalhava na edição de um anuário de intangíveis empresariais, para o qual ele, o professor, fora convidado a publicar um texto sobre narrativa publicitária. Por esse único motivo, e nenhum outro, deu-se entre os três esse improvável reencontro, ao descer da noite, quando as luzes dos postes da Plaza de Santa Ana se acendiam.

Ele a avisara que passaria por Madri, onde permaneceria dois dias, antes de seguir para um congresso no norte da Espanha. E, então, combinaram de se ver, para que ela lhe entregasse um exemplar do anuário, e, mesmo se não estivesse no programa, para falarem, entre umas *tapas* e outras, sobre a vida, não tão intangível, que levavam.

E assim foi — a conversa se esgarçou na naturalidade dos assuntos (primeiramente óbvios, depois inquietantes) até ganhar, aos poucos, a espessura dos afetos, quando se tornou inevitável que, em algum momento, o trio enveredasse pelo passado comum, as aulas na faculdade, o trabalho de conclusão de curso dela, sobre a poeta Ana Rüsche, que ele orientara, o talento do marido (à época apenas namorado) para a criação de comerciais de tevê.

A atmosfera de euforia trazida pelas recordações se ampliou com as taças de vinho que se renovavam, mas não tardou que cada um retornasse com cuidado ao silêncio — silêncio que haveria sempre de habitá-los, antes ou depois de estarem com alguém.

Ele percebeu que ela observava o marido a cabecear e a fechar os olhos, impermeável ao alarido das pessoas que atravessavam a Plaza de Santa Ana, rumo ao teatro. Sussurrou que o marido passara a noite em claro, numa filmagem, devia estar exausto — e se inclinou, a fim de tocá-lo, mas recuou bruscamente de seu intento. Seu gesto incompleto, contudo, desenhou no ar a ponta de um segredo, uma intimidade que, de repente, ela decidiu partilhar com ele, seu velho professor.

Mirou o companheiro de olhos fechados e disse: *sabe como nos conhecemos?* Ele fez não com a cabeça. Lembrava-se dos dois pelos corredores da faculdade, participando de grupos de estudo, de mãos dadas pegando o ônibus circular. Lembrava-se de vê-los sempre juntos, durante o curso, mas ignorava a nascente daquele amor.

Fora no primeiro dia de aula na faculdade. Um professor — ele sabia qual, pois trabalhavam no mesmo departamento — fazia invariavelmente uma brincadeira com os calouros, para fomentar a confiança do aluno em si e nos colegas da vida universitária. Ordenava que fechassem os olhos e andassem pela sala, às escuras, os braços inertes junto ao corpo. Se tocassem alguém, deveriam desviar e continuar seu caminhar sem rumo, até que fosse dado um novo comando. Os alunos assim procederam, durante alguns minutos.

O professor, então, pediu que ficassem imóveis e abrissem os olhos, buscando a pessoa mais próxima — até então um desconhecido —, com quem deveriam conversar. Ao abrir os olhos, deixando para trás, lentamente, a escuridão, ela deu com aquele jovem sorrindo à sua frente.

Houve uma segunda rodada, na qual, de olhos fechados, os alunos continuaram a andar ali, às cegas. Por fim, o professor reordenou que todos ficassem imóveis e abrissem os olhos. E eis que, saindo da penumbra, os dois se depararam, outra vez, um diante do outro. *Você de novo? Sim, eu de novo!*

Foi daquele jeito que começaram a se desconhecer. A procurar um o outro pelo seu lado de fora. Se estavam de olhos fechados àquela hora, o destino os tinha bem abertos. Ou, como no poema de e. e. cummings: "os olhos dos meus olhos se abriram".

A noite se adensava na Plaza de Santa Ana. Ele mira os dois e pensa, pensa no quão benditas, às vezes, podem ser as trevas.

Homônimo

O nome é o nosso rosto na multidão de palavras. Delineia os traços da imagem que fazem de nós, embora não do que somos (no íntimo). Alguns escondem seu dono, outros lhe põem nos olhos um azul que não possuem. Raramente coincidem, nome e pessoa. Para certos esotéricos, o nome demarca nossa identidade — como uma tatuagem, ou, ele prefere, uma ferida. Também há rostos quase idênticos, e o nome de quem os leva (pela vida afora) é completamente díspar, nenhuma letra se iguala a outra.

O dele, um nome simples, apostólico, advindo do avô. Mas o sobrenome, pelo qual passou a ser reconhecido, é incomum. Sonoro, hispânico. Com uma combinação incomum de nome e sobrenome, difícil seria encontrar um homônimo. Mas eis que um surgiu, quando ele andava pelos vinte anos. E continua, ao seu lado, até agora — sombras amigas. O outro tem no sobrenome um "s" no lugar de seu "z". Para ambos, uma diferença e tanto: cabelos curtos vistos como longos, lábios grossos vistos como finos. Para os outros, no entanto, são detalhes irrelevantes.

Impossível que não houvesse aqui ou ali alguma confusão entre eles, um episódio obscuro que, logo, viria às claras com a real justificativa: *este não sou eu*.

No entanto, ele e o outro possuem outras semelhanças, que lhes foram sendo apresentadas aos poucos: a idade próxima, o ofício com a palavra (este escrevia artigos sobre propaganda para uma revista especializada e um grande jornal; aquele, sobre arquitetura para uma revista e para o mesmo jornal) e até amigos comuns (que o homônimo conheceu no grupo escolar, e ele, na universidade).

Houve o caso da mulher que telefonou para ele, esmagando-o de impropérios por uma crítica feita no jornal pelo outro, sobre um célebre arquiteto, de quem ela era secretária.

Houve o caso com o diretor de criação de uma agência de publicidade que atendia à conta publicitária da Audi e lhe disse, quando ele foi apresentar o portfólio: *não posso contratar quem falou tão mal do meu trabalho*. É que, dias antes, o homônimo, estranhamente, já que propaganda não era sua especialidade, escrevera um texto, em sua coluna no jornal, agulhando um outdoor da Audi.

Houve também a época em que muitos conhecidos deram para bajulá-lo, alguns até lhe pediram emprego, depois de ler seu nome (na verdade, de seu homônimo) nos créditos de um programa da Rede Globo.

Durante esses trinta anos, sempre que o confundiam com o outro, não se irritava, nem se aborrecia. Apenas, pacientemente, refletia sobre o rosto, tão parecido, que as palavras haviam dado para ambos. O nome liberta, o nome aprisiona, ele pensava.

E teve aquele episódio da moça, mexicana, que ligou para sua casa, rememorando o caso que, supostamente, haviam tido em Cancún. Por sorte ele, e não sua mulher — a do primeiro casamento —, foi quem atendeu o telefonema. A ligação o inquietou: coincidentemente, ele retornara, havia poucos dias, do México, de viagem à pensínsula de Yucatán.

Depois de desfazer o equívoco ao telefone, ficou em devaneio. Tentava desenhar, a partir do nome da jovem mexicana, como seria o rosto dela. E, então, o seu corpo. E, então, tudo o mais... O roteiro — jamais soube se coincidia com a realidade! — lhe agradou tanto que teve dúvida se não fora com ele mesmo, e não com o homônimo, que se dera aquela aventura. Até hoje não sabe.

Pai

O pai. A pessoa que ele mais amou. Nunca se perguntou o porquê, como se existisse uma resposta. Morreu num acidente de carro, aos quarenta e poucos anos. Para ele, menino, foi a iniciação às perdas. Já adulto, apaixonou-se pelos mitos gregos, e, então, reconheceu em Prometeu, exposto à sanha do abutre, a natureza daquela sua dor: não cicatrizaria nunca. Num dia, o bálsamo do esquecimento; no outro, a lâmina da lembrança.

Certa noite — já se tornara pai também —, contava histórias para o filho quando lhe ocorreu outra pergunta: e se o pai não tivesse morrido tão cedo, ele o teria amado com a mesma intensidade?

Antes de dormir, retomando a leitura de *O sonâmbulo amador*, romance de seu amigo José Luiz Passos, ele deu com estas linhas: "Amor não é mistério, é gosto continuado na rotina, e tornado ainda mais vivo pela história dessa mesma rotina".

O melhor da rotina (enquanto existiu) era, para ele, ouvir as histórias contadas pelo pai antes de dormir. Não teria vindo dali a necessidade de inventar, também, as suas histórias? O relato de uma dor a potencializa, mas não é também uma forma (a única) de anestesiá-la?

Perguntas, perguntas, perguntas.

Quando chegou à idade em que o pai morrera, resolveu investigar a autoria das histórias que ele lhe contava. Pesquisou, a princípio de forma caótica, mas depois com espírito detetivesco, ansioso por descobri-las em alguma coleção de livros clássicos para crianças ou em obras avulsas.

Estranhamente, não encontrou nenhuma daquelas histórias que o pai lhe narrava ao pé da cama. (Estão espetadas até hoje em sua memória. Certo: a memória envelhece. Mas não, dentro dela, as pessoas que amamos e se foram.) A conclusão não poderia ser outra: o pai as inventara para ele.

Nessa época, começou a ler para o filho, em voz alta, seus próprios livros, junto aos de outros autores. Então descobriu que quase todas as suas histórias, no fundo, ele as tinha escrito para contar ao pai.

Continua a não se perguntar por que o amava tanto, se o pai tinha algumas virtudes, mas incontáveis defeitos. Defeitos que, é provável, ele os tenha herdado, todos.

Outra pergunta:

O que seu filho, no futuro, ao ler estas páginas, pensará sobre isso?

Melhor lhe dizer logo: amamos porque nós, e os outros, morremos.

Neste preciso instante, ele e o filho, como qualquer ser vivo, estão morrendo.

Seu maior desejo?

Igual ao seu amor pelo pai, que seja intensa (e mais longa) a história que ele e o filho estão escrevendo agora.

Águas

Não vemos o sal nas águas do mar porque mar e sal são, em si, a mesma matéria, o sal é feito do mar e faz o mar ser o que é. Assim também, na alva espuma do tempo, nós somos nós e os outros em nós, os outros são eles próprios e a parte que nele nos cabe.

As águas se renovaram, e uma outra tradutora, Ilze, surgiu, de súbito, no horizonte dele.

Ainda jovem, ela saiu de Poços de Caldas, onde vivia, e foi para os Estados Unidos fazer mestrado na Pensilvannia State University. Lá se doutorou, casou-se e, depois de atravessar anos e anos trabalhando como professora de português em colégios americanos, aposentou-se. Então decidiu se dedicar à tradução de escritores brasileiros para o inglês.

Procurou-os pelas redes sociais, os célebres e os desconhecidos, mas nenhum lhe deu resposta, senão ele — porque ele e Ilze talvez sejam sal das mesmas águas, ele e Ilze talvez sejam o sal que faz o mar e o mar que é feito de sal. Ela começou a misturar as histórias dele, escritas em português, com as americanas. Tentou, durante meses, publicar algumas dessas suas traduções em revistas literárias de língua inglesa — mas só recebeu negativas.

No entanto, a amizade com ele seguiu — e, na troca de mensagens entre os dois nos últimos meses, Ilze lhe contou um fato que unira duas margens aparentemente remotas de sua vida.

Ela fazia mestrado na Penn State quando conheceu uma moça da Califórnia. Aos poucos, como ocorre no encontro de certas águas, tornou-se sua amiga — não só para aqueles tempos de estudante, mas para sempre.

No fim do curso, a moça retornou à Califórnia, e Ilze continuou na universidade, onde iniciou seu doutorado — conheceu o rapaz com quem namorou, noivou e se casou. Antes do matrimônio, telefonou para a amiga e a convidou para ser sua madrinha. Contou-lhe que o noivo era de Stanford, o casamento seria na casa dos pais dele, na rua Tolman Drive.

Tolman Drive, a amiga disse. *Eu morei nessa rua!*

Ilze lhe deu o nome e o sobrenome do noivo, além da idade — a mesma da amiga. E a amiga, embora se lembrasse de muitos meninos com quem tinha passado a infância na Tolman Drive, não se recordava dele.

No dia da cerimônia, a amiga e o noivo de Ilze foram apresentados e se cumprimentaram, como dois desconhecidos. Mas, em seguida, a moça sussurrou, *Espere um minuto.* E, nesse minuto, o rosto de um menino, seu vizinho na infância, se sobrepôs, com perfeição, ao daquele homem à sua frente:

Agora me lembro, ela disse. *Como esquecer aquelas orelhas de abano?*

Sem querer, Ilze reunira, na Tolman Drive, vinte e cinco anos depois, sua amiga e seu futuro marido, que haviam crescido ali, naquela rua.

Ainda há pouco, Ilze avisou por e-mail, eufórica, sem saber como administrar a alegria, que o conto dele, "Mar", traduzido por ela para o inglês, seria publicado na revista literária *Your Impossible Voice.*

O sal é feito do mar e faz o mar ser o que é. As mesmas águas, como ondas, se atraem. E a vida continua repetindo, para ele, essas improváveis (e silenciosas) possibilidades.

Contraste

O contraste entre dois elementos também pode resultar num tipo de coincidência — produtos de um mesmo molde, com cores distintas. Um gomo de luz, outro de sombra. As casas brancas e as pretas do tabuleiro de xadrez. O próprio tabuleiro, um retalho do tecido quadriculado (e infinito) do mundo. O jogo ali se desenovela, sem que se saiba, tantas vezes, qual será seu resultado.

Ele estava revisando seu livro, *A superlua*, quando lhe veio à mente a seguinte frase: "A escura sombra da lua revelará para a noite". Não entendeu, de imediato, seu significado, mas, como de hábito, reproduziu-a, a lápis, em um caderno de anotações, na esperança de lhe dar, no futuro, um destino, talvez nas linhas de uma história.

Há alguns dias, ele começou a ler os *Contos maravilhosos, infantis e domésticos*, de Jacob e Wilhelm Grimm. Estava no segundo tomo, quando deu com o conto intitulado "A clara luz do sol revelará para o dia".

Pensou no jogo da escrita, na figura expressiva do acoplamento, e as peças-palavras começaram a se atrair e se encaixar. Abriu, então, o caderno de anotações e, de suas páginas, ressuscitou a frase (que ali dormira por dias e noites) para escrever este texto.

Palavra

Aconteceu a ele, a primeira vez, quando menino. E daí em diante sempre, como se cada ocorrência fosse a conta de um colar que, uma vez completo, resultaria numa revelação: a secreta escrita do universo. Mas, embora tenham se reduzido nos últimos anos, tais eventos, ele sabe, nunca cessarão de ocorrer. Até o último momento a vida é vida, e podemos aprender algo — mesmo que, em seguida, a lição se apague inteiramente.

Os fatos se deram no âmbito das palavras, mas é inegável que esse tipo de "sinal" se dá em outras, para não dizer em todas, as esferas de sentido: paisagens, faces, perfumes.

Começou numa tarde em que, deitado na cama, ele lia *O conde de Monte Cristo*. Não se recorda qual era a palavra, mas surgiu-lhe em meio a um trecho que o impedia de entender as linhas seguintes se não soubesse seu significado. Correu ao dicionário e, então, o desconhecimento se desfez. Mas o espanto — desde então ele o aguarda com paciência — só se completou horas depois, quando ouviu a mãe, no jantar, pronunciar aquela palavra. Na sequência, deu com a mesma palavra, outra vez, nos lábios de uma personagem na novela *Mulheres de areia*. E, no outro dia, encontrou-a numa página do jornal.

As ocorrências se sucederam, daí para a frente, nas mais diversas circunstâncias, com outras palavras. Apareciam do nada, feito chama que se acende, e ele, cioso daquela sincronicidade, nelas queimava a sua atenção para assistir ao seu iminente rebrilho.

O bom senso o levou a concluir que era tão somente um estágio normal de qualquer aprendizado: é na soma, no reforço isotópico, na sobreposição de camadas que se sedimentam os sentidos.

Mas, numerosas vezes, as palavras — ignoradas num momento,

logo decifradas e, em seguida, sistematicamente remanifestas — não apenas se incorporavam ao seu vocabulário, elas também reconfiguravam as anteriores, como se, em conjunto, estivessem o tempo todo a fazer e a refazer frases, sentenças, orações. Enfim, o texto de sua experiência.

Começou a observar essas ocorrências em outros campos. E convenceu-se de que obedeciam à mesma gramática. O que poderia significar tal sucessão de eventos? Algo maior ou nada?

Ao revisar este livro, ele se deu conta de que, à semelhança das palavras, estas histórias são (todas) reaparições de uma única, primeira. Um colar para oferecer aos olhos dos outros, ainda que incompleto, como a vida — a dele, a sua, a de todos nós.

Bilhete

A vida, o tempo todo, deixa bilhetes, como pedaços de pão ou sementes, por onde ele passa. Mas poucas vezes os seus melhores olhos o notaram, e, se perceberam, aos desdobrá-los para ler o recado ali contido, não entenderam o seu texto. As palavras, se não eram de língua desconhecida, comportavam-se como aquela figura de retórica, que, marcada pela brevidade, deixa subentendido o sentido completo dos enunciados. Pelas suas elipses, dá-se o ocultamento de parte do significado, conquanto se desvele a outra parte.

Tantos anos ele ficou sem notícias dela, Márcia, amiga de seus tempos de faculdade. Eram jovens, nascidos em cidades próximas — ele, Cravinhos; ela, São Simão —, e, se tinham tantos sonhos em comum, nem sequer desconfiavam que muitos desses sonhos seriam movidos pela realidade, com sua correnteza violenta, rumo ao nada. Apenas um ou outro, não se sabe o motivo, se solta dessas águas e acaba por mover toda uma existência.

Daquela turma, ela foi uma das primeiras a se casar, logo que terminou o curso universitário. Não demorou para ter, dentro de si, uma semente de filho. Mas a gravidez, de alto risco, obrigou-a a viver meses deitada, em repouso, vendo o ventre crescer, lentamente — a nova vida se arvorando, em silêncio. Até que, por fim, o menino nasceu.

Daí em diante, no entanto, Márcia e ele perderam contato. As forças da separação agem como as da união, ambas seguem a agulha de uma bússola que dói na memória (às vezes mais do que na carne). Vai-se viver num dia os efeitos dos dias anteriores. O pão de cada hoje tem fatias de ontem.

Então, quando ela soube (não importa como) que ele estava escrevendo um livro sobre coincidências, enviou-lhe um bilhete. Um bilhete que não era senão um atalho, mas no qual cabia um caminho inteiro de lembranças. Um bilhete que relatava, em poucas linhas, um episódio que abria uma clareira na amizade deles, perdida, nos últimos anos, nas cerradas tramas do esquecimento.

Quando o menino cresceu, Márcia e o marido tentaram, outras vezes, plantar mais um filho. Mas o ventre dela secara para a concepção. Irrigado, só o desejo do casal de povoar a casa com uma menina.

Enveredaram pelo rumo da adoção, inscrevendo-se, certa tarde, em diversas varas de família. E, nessa tarde, o marido enviou flores a ela, escrevendo no cartão apenas a data e esta mensagem: *Em algum lugar, hoje, uma menina está nascendo para nós. Logo a encontraremos.*

Três anos depois foram chamados para conhecer, num educandário, uma criança com alguns meses de vida. Lá chegando, viram-se cercados por uma menina, que andava com um caderninho na mão e pediu para desenharem algo nele. Nos dez minutos em que estiveram com ela, Márcia e o marido se sentiram unidos intensamente à menina, como se os três estivessem, há muito, presos a um único e inquebrável cordão. A menina, solta no pátio do educandário, era um bilhete para eles, cujo enunciado dizia: *Levem-me!*

Assim, embora os dois tivessem ido buscar um bebê, decidiram àquela hora mudar os planos e adotar a garota, que ali os entretinha, à espera de pais que nunca haviam chegado.

A certeza de ambos foi imediata, mas o processo se alongou.

Por fim, um dia, o promotor lhes deu uma guarda provisória. E a menina foi passar alguns dias com eles.

Ao guardar as roupas da criança, Márcia encontrou, no fundo de uma gaveta, aquele bilhete do marido: *Em algum lugar, hoje, uma menina está nascendo para nós. Logo a encontraremos.* Verificou a data e a comparou com a do documento da menina: era exatamente o mesmo dia, mês e ano do nascimento dela.

Mais um círculo

Quase sempre dois pontos se encontram, gerando uma coincidência, depois de percorrerem, cada um à sua maneira, itinerários em linha reta, em forma de espiral, ou fazendo um percurso sinuoso — não há um vetor padrão, o comando para que se cruzem, entre os milhares de chances improváveis, é regido por regras que ignoramos.

Mas, às vezes, o primeiro deles inicia uma jornada, sem trajetória prévia, e à sua revelia vai se projetando tal qual um circuito, unindo-se ao ponto final apenas ao completar seu movimento de rotação.

Assim se deu, de um modo raro, com Sara, que ele conheceu numa bienal do livro de Maceió. Jornalista, pediu-lhe uma entrevista. Ele concordou e sugeriu um café próximo ao hotel onde se hospedara.

Tudo bem, Sara disse.

Mas ele percebeu hesitação na voz dela, vinha aprendendo a ler as pessoas — que, tinha certeza, não eram senão textos que se faziam e se desfaziam, como a teia de Penélope, segundo as circunstâncias.

Seu radar estava bem calibrado: tão logo se cumprimentaram, sentaram-se à mesa e fizeram o pedido, percebeu que Sara não parecia à vontade.

Não foi preciso que ele, no fim da entrevista, se pusesse na posição dela, jornalista, e lhe fizesse a pergunta que o inquietava. Antes de pedirem a conta, Sara comentou que, naquele café, ocorrera um fato estranho com ela, início de uma história que, tempos depois, teria um desfecho triste. E, desde então, jamais retornara ali.

Ele permaneceu em silêncio — e o silêncio foi quem pediu a ela que continuasse o relato.

Anos antes, Sara entrara naquele café, acomodara-se numa mesa e, enquanto lia o jornal, percebeu, sobre a cadeira ao lado, um livro esquecido. Apanhou-o e começou a ler. Era o romance de uma escritora alagoana, e, fosse pela delicadeza da trama ou pelo estilo, a história a encantou, tanto que ela colocou o livro na bolsa e o tomou para si.

Quando terminou a leitura, dias depois, Sara descobriu que uma fotógrafa do jornal onde trabalhava era amiga da autora do romance — e as duas iriam se encontrar, à noite, num bar à beira da praia. Comentou seu apreço pela escritora, e a fotógrafa a convidou para se juntar ao grupo.

Naquela noite, Sara conheceu a escritora, e também o marido dela à época, com quem conversou longamente. Uma sincera afinidade nasceu entre ambos. Mas se manteve subterrânea, à espera de um encontro futuro ou de seu apagamento.

A vida de cada um foi girar por outros espaços, onde podiam ter se cruzado ocasionalmente. E, se alguma vez se roçaram sem querer, quando entravam ou saíam de um bar ou café, não se reconheceram.

Os anos se sucederam. Um dia, reencontraram-se numa rede social. Continuaram a conversa interrompida naquela noite, no bar à beira da praia, e Sara, que andava solitária depois de um namoro rompido, soube que ele e a escritora também haviam se separado.

Como o mar vem dar na areia, e a areia espera pelo mar, eles foram se aproximando, seguindo as marés do imprevisível.

O círculo ansiava por se fechar. Mas o ponto inicial ainda não se unira ao seu extremo: faltava um milímetro para completar a roda.

Uma noite, quando os dois já viviam juntos (longe do fim que, tempos depois, também se daria), Sara, ao chegar em casa, comentou que havia perdido o celular — a distração, seu defeito desde menina, continuava a lhe trazer prejuízos. Seu companheiro, ao contrário, jamais perdera um objeto. A não ser — confessou a ela — um livro da escritora (sua antiga namorada), que certo dia havia esquecido num café.

Passagem

O episódio aconteceu dessa maneira, mas, nas poucas vezes em que o contou, ele experimentou a mesma sensação de irrealidade, sobretudo ao mencionar os detalhes — são os detalhes que comandam a mitose das histórias e as fazem diferir umas das outras. Parecia-lhe, sempre, que os fatos haviam se encaixado de um modo inexplicável, ao menos para a sua razão profana.

Naquela época, ele habitava o abismo. Sentia-se asfixiado de saberes, aproximando-se daquele perigoso ponto em que desejamos desaprender tudo. Seu casamento claudicava. E havia tempos que deixara de frequentar o mestre iogue. Então, quando mais precisava de suas lições, o mestre adoecera.

As aulas no Chela Yoga haviam sido suspensas. Semanalmente, ele telefonava para saber sobre a saúde do mestre. As notícias eram como o sol encoberto de névoas. E não demorou para ascender à sua atenção a irreversível suspeita. Ele precisava inegavelmente de um conselho, e a providência lhe dava o negro silêncio. Só restava esperar pela despedida. Num momento de ira, ocorreu-lhe um pensamento perverso, só compreensível pela dimensão de sua ruína: o que era mais uma perda em meio à sua perene condição de órfão?

Mas, contrariamente, a despedida tardou. Dois ou três meses se passaram e a notícia não veio. Então, ele se esqueceu do mestre e se eclipsou no trabalho.

Até que uma noite, antes de se deitar, observou a lua, pensou em como seria o seu futuro. Por uma estranha (ou entranha) conexão, lembrou-se do mestre. E caiu num sono convulso, cheio de cortes abruptos.

Na manhã seguinte, despertou com a claridade do sol em seu rosto. O telefone tocava; normal era o seu som, isento de qualquer sentido de urgência. Mas eis o primeiro detalhe: ele sabia, antes de atender, o teor do recado. O mestre se fora.

Anotou o endereço do velório, avisou na agência de propaganda (onde trabalhava) que só apareceria à tarde e se dirigiu para lá. O mestre, um dos pioneiros da ioga no Brasil, a certa altura tivera dezenas de *chelas*. Recordava-se dos primeiros meses como neófito: pelos corredores do instituto, havia cruzado, entre gente comum, com celebridades, políticos, artistas — e também, impossível omitir, fanáticos e desequilibrados, que ali afluíam em busca de redenção, mas que, sem uma ação explícita do mestre (ao menos, ele supunha), logo se desencantavam e desapareciam.

Não havia mais do que uma dúzia de "discípulos" na câmara ardente, dispersos entre os familiares, o que no princípio lhe pareceu fruto de falta de comunicação, mas, com o avanço das horas — ele permaneceu ali toda a manhã —, outra justificativa não poderia haver: indiferença.

Depois de cumprimentar a família, e a um ou outro *chela*, ele sentou a um canto e se esforçou para entrar num estado de quietude, coisa da qual, havia tempo, se afastara irrevogavelmente. Fechou os olhos e se manteve ali, hirto, sem saber por quanto tempo.

Desse momento em diante, ele só se lembra de acordar com alguém anunciando que, em poucos minutos, todos teriam de sair, pois o corpo seguiria para o crematório. E foi aí, com a atenção de folga, que o segundo detalhe o surpreendeu: o conselho que ele buscava chegou. Não lhe veio pela voz do mestre, à sua frente, morto, mas por meio de uma escrita, viva, no papel de sua mente. Era um dizer simples — que ele fizesse a peregrinação da Via Láctea; nela, encontraria as respostas que procurava, a sua transubstanciação.

Evidentemente, ele desconfiou desse enunciado, embora soubesse, havia muito, que só a dúvida, em sua potência máxima, pode aditivar a fé. Ao não absoluto, corresponde o sim absoluto. Nunca tivera prenúncios e presságios, nunca recebera mensagens do aquém ou do além, nem nelas acreditava. Mas aquele era um recado do mestre, não emergira de suas sinapses, vinha de fora, com a autoridade da certeza — uma certeza que ele jamais tivera até então.

Os primeiros obstáculos surgiram imediatamente: a peregrinação da Via Láctea exigiria manobras em seu cotidiano que ele nem imaginava como proceder. E, claro, recursos financeiros extras, para a viagem à Espanha (cujo território teria de cruzar com seus passos), a compra de equipamentos, as sessões de treinamento físico. E justo numa época em que seu casamento agonizava — as despesas só aumentariam com a separação, a pensão para o filho, o aluguel de um apartamento.

Rumou para a agência de propaganda e, quando lá chegou, soube que haveria uma festa ao fim do dia, era aniversário do presidente. Trabalhou com empenho e, como estava de luto, não quis se juntar aos demais para a celebração. Sozinho na sala, pôs-se a listar as necessidades para a peregrinação e a pesquisar preços até obter um valor aproximado dos custos.

De longe, ouvia o alarido e, por vezes, uma onda de gritos e assovios que, soube logo depois, correspondia ao sorteio de passagens aéreas, que o presidente, generoso, numa ótica invertida, fazia para os funcionários. A mais cobiçada era uma para a Espanha. E, então, o terceiro detalhe da história: ele — que jamais ganhara uma rifa — foi quem a ganhou.

A informação chegou com o primeiro colega que retornou à sala. Era um sujeito espirituoso, e, por um momento, ele achou que fosse mentira. Mas não: outros lhe confirmaram em seguida.

Mal havia assimilado o fato, acessou o e-mail e deu com outra notícia: seu último livro recebera um prêmio literário. E o detalhe: o valor do prêmio em dinheiro, descontada a passagem aérea já garantida, era a quantia de que precisava para a peregrinação.

Haveria ainda uma nota final: o presidente da empresa, na semana seguinte, foi demitido. Cancelou todas as passagens aéreas sorteadas na festa. Menos a dele.

Anos depois, quando se encontraram no corredor de uma universidade, perguntou-lhe por que havia mantido a palavra apenas com ele. Mas o presidente de nada se lembrava.

Um caminhante

A maioria faz a peregrinação por um motivo místico. A rota, quem a rasgou, em áreas castelhanas, foram os celtas. A Igreja católica, no medievo, apropriou-se dela. Daí já sobressai um detalhe expressivo: os celtas a teriam riscado na terra de forma a coincidir com o caminho dos astros no céu; por isso a nomearam Via Láctea. Assim — outro pormenor —, ela seria uma materialização da máxima de Hermes Trismegisto: "Igual em cima é embaixo".

Também há quem a percorra por esporte — os quase oitocentos quilômetros de caminhada atraem trilheiros do mundo inteiro, das mais distintas sendas, iniciados em magia, ocultismo e outras correntes esotéricas.

Mas ele, ele a fez para estar só, consigo. Vivia entre dezenas de pessoas: os alunos da universidade; os profissionais da agência de propaganda na qual, em paralelo, atuava como redator. E no entanto estava sozinho. Sozinho, mas não com ele mesmo. Ele se perdera de si.

Precisava desligar tudo ao redor para se ouvir. E apurar a espessura de seu silêncio. Mas o canto dos pássaros não pode ser desligado. Nem o murmúrio do vento. Tampouco o rumor das cachoeiras. O mundo continua na sua voltagem, rumoroso, independente de nós. É verdade que, quando há quietude interior, a algaravia externa, por maior que seja, cessa. Mas faltava-lhe conferir (na prática) o que aprendera (na teoria) com o mestre.

Preparou-se durante três meses — período em que, igualmente, brotaram outras histórias, regidas pelo acaso, ou pelo destino, se não são as duas mãos de um mesmo poder —, e empreendeu a viagem, então, no início da primavera europeia.

Como acredita, e já mencionou, os detalhes é que alteram os cromossomos de uma trama e dão a ela sua singularidade. Se as funções de Propp são finitas e catalogadas, os detalhes não o são — quem os comanda só pode ser o deus das pequenas coisas.

Por esse motivo, ele enumera alguns detalhes, somente alguns, suprimindo outros — também significativos. Está convicto de que existe mesmo o contágio, apontado por Tolstói, por meio do qual o leitor se funde emocionalmente com a história lida. O sentimento embutido pelo autor na obra e o apreendido pelo leitor se igualam. Este atualiza em seu âmago a vivência atravessada por aquele, com a carne das palavras. Contudo, não há como coincidir a experiência de um ser destroçado (que ele não é mais) com a de um homem íntegro (exceto se, um dia, esse também se estilhaçou).

Claro, há de faltar nexo, a linha de sutura será grossa demais, os vazios (como o oco entre as varetas de um moinho) terão de mover a roda da interpretação. Mas, por estratégia ou incapacidade, ele, aqui, só consegue entregar as pistas. Não pode dar passos alheios. O caminho (próprio) é tudo o que temos antes de irmos embora definitivamente. Os pés sempre combinam com as pegadas?

No primeiro dia, sob a violência de uma nevasca, seguiu uma canadense que andava depressa e, quando a alcançou num abrigo, a se aquecer com um café, ouviu dela o comentário: *trago uma mensagem pra você, mas não chegou ainda a hora de entregá-la*. Nos vinte e cinco dias em que caminhou, cruzando várias vezes em albergues com os mesmos peregrinos, jamais a reencontrou. No último dia, viu-a sentada no balcão de um café em Santiago de Compostela. Os olhos dela, mirando-o através do vidro, diziam, *estou à sua espera*. Ele entrou, sentou-se ao seu lado, e as suas palavras coincidiram, uma a uma, com as que estavam à beira do ouvido dele, só bastou um sopro para que entrassem.

As experiências, depois de duas semanas de caminhada, não obstante densas e inesquecíveis, gravadas à brasa em sua memória, pouco correspondiam às suas expectativas. O mecanismo do destino se quebrara para ele? A linguagem das evidências parelhas, dos encaixes perfeitos, operava, como castigo, às avessas?

Então, na metade da peregrinação, encontrou dois italianos de quem se tornou amigo. Ajudou-os a sair de vários apuros: a um deles, saciou a sede quando a água lhe acabara, furou-lhe as bolhas dos pés. A outro, emprestou meias (jamais devolvidas), deu-lhe remédio quando se retorcia de cólicas. Depois, ambos sumiram — certamente, caminharam mais rápido! — sem lhe deixar um obrigado, ainda que ele não fizesse questão. Mas, após um ano, ao entrar numa sala (na mesma agência de propaganda) para uma reunião com clientes internacionais, encontrou-os à mesa. Ninguém entendeu por que os dois se ergueram e, dando-lhe a mão calorosamente — segredos sobrepostos —, em vez de *ciao*, disseram *grazie*.

Outros episódios, semelhantes, se mostraram abertos e sem sentido durante muito tempo, mas, de súbito, as pontas se enlaçaram, qual oroboro, e um fato inesperado, final, os iluminou plenamente. Ele prefere omiti-los, haveriam de trazer o inverossímil a estas páginas, para alguns já afeitas mais à fantasia do que à verdade.

Numa tarde ensolarada, ele enveredou por uma senda e, depois de caminhar mais de duas horas — esgarçando seu cansaço —, desembocou numa estranha cabana, guardada por um enorme cachorro preto, e só aí se deu conta de que pegara o caminho errado. Havia seguido a metáfora de sua condição: estava perdido. Igual em cima é embaixo. A escrita rasteira, na pele da terra, se ajustava à sua escrita nas estrelas. Voltou à trilha, recolhendo o novelo de seus passos. Estava ali para se reencontrar, não com aquele que ele era ou fora, mas com quem seria dali em diante.

Nessa mesma noite, sonhou com o mestre que lhe dizia, *amanhã a transformação se completará*. Até então, ele pouco se guiava por sonhos. Não ignorava também que, em sua metamorfose, já havia atravessado vários estágios. Havia tempos estava se transmutando.

E, no dia seguinte, enquanto atravessava um *pueblo*, sentiu, em todas as suas células, que se tornara, definitivamente, outro homem.

Versão

Entre a reescrita, no plano da linguagem verbal, destas histórias de coincidências, já gravadas a fogo nas linhas de sua mão, ocorreu a ele um comentário sobre a sintaxe de seus pormenores — se sob o jugo do aleatório ou do divino — e uma certa correlação com o ato de escrever e reescrever seus livros.

Nunca lhe acontecera o que muitas vezes se dera com seus amigos escritores: um deles encontrara, num sebo, exemplar da própria obra, com o autógrafo que fizera para uma namorada. Outro flagrara, num banco de aeroporto, uma senhora lendo um de seus livros. Abordara-a, sem resistir à perigosa pergunta, *está gostando?*, e recebeu a imediata resposta, *não!*

O mais inusitado, todavia, ocorrera com um romancista que ele conhecia desde jovem, incapaz, em seu julgamento, de mentir ante um assunto daquela natureza. O amigo, no saguão de um cinema, à espera da próxima sessão, foi reconhecido por uma fã, que se pôs a conversar com ele. Acadêmica, ela conhecia toda a obra do romancista e, inclusive, defendera uma tese sobre a produção dele. Em certo momento, perguntou-lhe a quantas andava o romance que ele vinha escrevendo, se tal e qual personagem (e os nomeou com precisão!) teriam este ou aquele fim, se ele resolvera a questão do tom dos diálogos, ainda um tanto vacilante. O amigo não teria se espantado se não estivesse escrevendo justamente um livro com exatos personagens, enredo e problemas (ainda não resolvidos). E maior o seu espanto quando associou o fato com o nome do filme a que ambos iam assistir: *Mente invasora*.

Para ele, o conhecimento próprio (real e sensitivo) de qualquer um de seus livros jamais coincidiria com o de seus leitores. Não por incapacidade destes de mergulhar nos meandros de seu enredo e dele retirar, gota a gota, todo o seu sumo. Mas sim porque a história, na sua última versão, está, para seu criador, impregnada de todas as outras versões (abandonadas na sua escrita), que só ele detém. Mesmo que releia um volume de sua autoria, depois de publicado, qualquer escritor, em algum trecho, haverá de dizer, *aqui cortei umas linhas.* Ou, *o personagem dizia outra coisa!*

Para ele, jamais a história editada (a única que o leitor conhecerá) espelha as várias histórias (preteridas) que seguem dependuradas em suas entrepáginas. Ele é o único que as vê. Em sua percepção estão, junto com a trama-raiz, todas as demais possibilidades descartadas — ramas, galhos e cipós. Nenhuma mão, senão a dele, pode apanhar as linhas, virtuais e tracejadas, das outras histórias que dela vazam. Ele é o supremo conhecedor dessas (suas) deficiências.

A metáfora, então, se fecha com a pergunta: cada um de nós não se leva à rua — para a leitura alheia — apenas na versão assumida como a última?

O juízo final não haverá de ser isso? Entregar aos outros todas essas mil e uma histórias hachuradas que, em consórcio, revelam quem de fato somos? Só assim, talvez, céu e terra haverão de coincidir, milimetricamente.

Amigo

Esta coincidência se deu entre ele e um amigo; a singularidade do episódio talvez tenha uma explicação plausível (um caso de telepatia) ou mística (uma epifania), pouco importa.

    Conheceram-se em criança: ele, nascido na pequena cidade, terra fofa nas mãos; o outro, migrado da capital para lá, tijolos no olhar. Árvore e poste. Flor e fumaça.

    Talvez a vida jamais incluísse naquele o que faltava nesse, e vice-versa, se não fosse o futebol. Atuavam em posições contrárias; ele, lateral esquerdo, o outro, ponta direita. Defesa, ataque. Empatavam nos lances de dividida. Provocavam-se, discutiam, não se davam trégua. Mas eram leais. Reconheciam, por reciprocidade e lisura, as virtudes um do outro. Por isso, aos poucos, e para sempre, se tornaram amigos. Desses para os quais não é preciso estar próximo para estar junto.

    Assim, o que o exime de arrolar fatos que dão provas da sinceridade dessa comunhão — qualquer um há de encontrar em sua experiência vínculo semelhante —, os dois se afastaram. Ele foi estudar em São Paulo, onde vive até hoje. O amigo, egresso da capital, na via oposta, se manteve na pequena cidade.

    A cada reencontro — raro, é verdade —, o contentamento, a cumplicidade e a certeza, ao avaliar o outro, de suas faltas e de seus acertos. Ama-se pelos defeitos (que percebemos nos outros e, compassivos, perdoamos) mais do que pelas qualidades (que podem saltar aos olhos, mas, a um deslize, nos desmascaram).

    Durante anos, ficaram sem se ver. Nesse período, casaram-se, tiveram filhos, envelheceram.

    Certa ocasião, a irmã, que vivia na pequena cidade, fez uma visita a ele, em São Paulo, e comentou que o amigo sofrera um infarto. Aturdido, ele lhe pediu mais notícias, mas ela só sabia que o amigo estava na UTI de um hospital em Ribeirão Preto. Procurou o telefone do hospital, planejando ligar para lá. Mas nunca o fez. Nunca o fez e, como todos nós, culpou as urgências da vida pelo seu esquecimento.

Então, tempos depois, foi convidado para um evento literário em Fortaleza. Cumpriu seu compromisso numa sexta-feira à noite. Como tinha o sábado livre, pegou um ônibus cedinho e foi passar o dia em Canoa Quebrada. Passeou pelo povoado, ondeou pelo mar num saveiro e, depois, como o sol incendiava os espaços, procurou a sombra de uma barraca, onde também pudesse beber algo.

Ao lado de sua mesa, um homem falava ao celular e, pelo que pôde entender, informavam-lhe que um amigo infartara. O homem, abalado, fazia seguidas perguntas, em voz baixa, e sua expressão revelava que o amigo seguia para o fim. Desligou o telefone e ficou a mirar, em silêncio, o céu esplêndido, a paisagem marítima estalando de vida, talvez indignado que a morte pudesse governar, com indiferença, num dia tão lindo.

Mas, para ele, as dores nos surpreendem justamente diante das maravilhas, para empatar as perdas e os ganhos. E, então, como se a tristeza do homem o contaminasse, veio-lhe a imagem do amigo de infância, que meses atrás também infartara e de quem não tivera mais notícias. Ignorava se havia se recuperado, ou se morrera. E a incerteza o arrastou a um sentimento, para si mesmo condenável, de egoísmo, de ingratidão. Como podia ter se esquecido de alguém tão querido? Por mais que estivesse na areia movediça dos compromissos profissionais, nada justificava a amnésia. Convencido de que só venceria sua inquietação e se perdoaria caso soubesse o que se passara com o amigo, resolveu ligar para a irmã. Talvez ela soubesse.

Mas nem foi preciso. Resposta à sua dúvida, um homem, em calção de banho, deixando para trás a areia ensolarada, adentrou a sombra da barraca e, vindo em sua direção, pronunciou seu nome. O amigo, vivo e sorridente, se materializara diante dele.

Depois, o esclarecimento, se bem que dispensável: o amigo se recuperara do infarto e pedira transferência para Fortaleza. Mudara--se com a família havia alguns meses. Era a sua primeira vez em

Canoa Quebrada, onde planejara vir havia semanas, mas, até aquele sábado, sempre adiara.

    Por onde andará esse amigo agora? Ele fecha os olhos e vê o seu rosto, como naquela tarde em Canoa Quebrada, a praia resplandecente ao fundo, a chamá-lo: *João!*

Táxi

Um de seus contos, publicado no livro *Espinhos e alfinetes*, se cruza com um episódio vivido por sua amiga Vera em Barcelona, coisa que ele só soube há pouco, quando se encontraram numa festa junina. No início do conto, o narrador, um taxista, afeito a metáforas, afirma que mantém o táxi limpo, dirige com cautela e procura não perturbar o passageiro — providências tomadas para que a viagem seja boa para ambos, afinal "é só uma corrida". Longa, ou curta, de um bairro a outro, é só uma corrida, embora, naquela hora, diz o motorista, é tudo o que se tem, é a nossa vida inteira, ali, reunida.

Vera estava na barraca do quentão, aguardando para ser atendida, quando os dois se viram, se abraçaram, se revezaram em perguntar e responder sobre o que vinham fazendo, buscando notícias — e, também, buscando ajustar, sem pressa, os velhos afetos àquele momento. Era noite de São João, e ele, às vezes, em íntimo silêncio, lembrava-se de que se chamava João. Lembrava-se de que, quando criança, amava saltar as labaredas da fogueira que o pai fazia, todos os anos, no dia 24 de junho, em homenagem mais a ele, seu filho, que ao santo. Lembrava-se, também, de que anos mais tarde, numa noite de São João, seu pai morrera num acidente de carro. Lembrava-se de ser sincero consigo e nunca fingir contentamento quando essas recordações explodiam, como fogos de artifício, em seu rosto.

Na certa, ao perceber os traços dessas perdas e ganhos faiscando, alternadamente, na expressão dele, Vera, para distraí-lo, começou a lhe falar sobre uma alegre noite de San Juan que ela passara na Espanha, e a maneira inusitada como a terminara.

No dia 24 de junho de 1999, ela estava em Barcelona, onde fora estudar na Universidade Autónoma, e, como era San Juan, a festa lá se espalhara, de forma rizomática, por todos os cantos. Enquanto houve sol, os catalães e os turistas celebraram o solstício de verão, misturando-se pelas ruas, *hamblas* e praias da cidade. Quando anoiteceu, as cucas — doces típicos de São João — foram substituídas, nas mãos das pessoas, pelas taças de *cava*; os fogos de artifício espoucaram, pintando o céu com serpentes luminosas, de variadas cores, que num instante se esvaneciam no ar.

Até altas horas Vera se divertiu com amigos na Barceloneta, mas a madrugada avançava e era tempo — nem sempre nos damos conta — de ir embora. Não havia como sair de lá sem pegar um táxi, o que ela tentou, inutilmente, por longo tempo. O medo, como uma brisa, foi se insinuando, e logo rabiscou em seu rosto linhas de inquietação.

Então, uma das possibilidades, entre as muitas cabíveis naquele instante, saiu da sombra e resplandeceu nos faróis dianteiros de um táxi que parou à sua frente. O motorista percebera, ao dar com a presença dela, instável, à beira da calçada, o rascunho da aflição, que em minutos seria passada a limpo, definitivamente, Estacionou no meio-fio, abriu o vidro, explicou que não haveria mais táxis transitando por ali até o amanhecer e se ofereceu para levá-la, se o casal de passageiros que ele conduzia no banco traseiro não se opusesse.

O acordo se estabeleceu, graças à mediação do motorista, e Vera seguiu no táxi com o casal, que planejava saltar perto da Sagrada Família, ao passo que ela seguiria até Tibidabo, na parte alta da cidade. Grata pela carona, abriu conversa com os passageiros — uma jovem espanhola e Paul, seu namorado inglês. A prosa foi se desdobrando rapidamente e, quando o casal chegou a seu destino, um pub irlandês, Paul perguntou se ela não queria continuar a noite de São João com eles.

Vera aceitou o convite, agradeceu ao motorista de táxi, e ficou no bar até seis da manhã, quando, à luz do sol, retornou de metrô para Tibidabo. Daquela noite em diante, sua amizade com o casal se ampliou, sobretudo com Paul, que, mesmo depois de se separar da espanhola, continuou a vir, vez por outra, a Barcelona.

O tempo levou Vera de volta ao Brasil. Durante dez anos, ela e Paul continuaram em contato virtual, nunca mais se viram pessoalmente. Em 2009, Vera retornou a Barcelona. Ao passar diante da

Sagrada Família, viu o pub irlandês e se lembrou daquela noite de São João e de seu amigo inglês. Certamente o número do telefone dele mudara, mas ainda assim ela ligou. Paul estremeceu ao perceber quem o chamava ao celular. Tinha acabado de chegar à cidade, estava no hall do hotel — e quem o havia levado do aeroporto até lá era o mesmo taxista que promovera o encontro deles, anos antes, na Barceloneta.

Vera tomou um gole do quentão e se calou. A vida era o que era: só uma corrida. Mas tanta coisa pode acontecer nela! Sobretudo vínculos imprevistos de afeto que, às vezes, faíscam em nosso caminho, como fogos de artifício. Um ganho — ele acredita — capaz de compensar, por um instante, (quase) todas as nossas perdas.

Desacerto

Justo seria também incorporar, entre estas histórias, aquela do *quase*, do *por um triz*, do desfecho que não aconteceu mas poderia ter acontecido, se a escrita torta do destino não tivesse laborado, como das outras vezes, para a sedimentação da coincidência.

Tantas são as tramas que não dão certo — todas as outras! — que escolher uma delas é como ser um serviçal da injustiça. As escolhas revelam quem somos e quem ocultamos ser, mas ele sabe que é preciso fazê-las, minuto a minuto; essa é, aliás, uma condição inevitável da vida.

Que seja, então, uma que se deu logo após o retorno dele daquela peregrinação. Voltou de lá outro homem, graduado para ler e entender a verdade de seu texto (e a dos outros), como se tivesse não só assistido ao parto de uma nova língua, mas fosse capaz, empregando poucos recursos, de produzir poesia.

No entanto, é provável que assim tenha se passado, porque ainda restava a ele um fiapo de incredulidade a impedir a sua total ascensão, apesar de, a princípio, lhe parecer exatamente o contrário. Não era a prova derradeira, mas o prêmio por ele reproduzir, com os próprios pés, na terra, o caminho celeste da Via Láctea.

Havia se separado e vivia, longe do filho, num pequeno apartamento que comprara. A solidão o repovoara, e, feito uma bússola, corrigira a sua rota. Aos poucos, ele foi retirando de seu expediente as mulheres que o enfeitiçavam, ao menos era essa a sua percepção à época — logo desmentida, quando, no curso dos dias, descobriu que o feitiço emanava dele mesmo (ainda habituado a cozinhar velhas fórmulas).

Então, quando ele se esvaziara de todas as mulheres, ela apareceu. Silenciosa, com uma criança. Apresentou-a um amigo, e as circunstâncias, ele bem se lembra, nada tiveram de especiais que valha detalhá-las. Aqui, como em qualquer outra página deste livro, não é justo exagerar nem minimizar os fatos, para não lhes conferir medida falsa, em que pese a aura de originalidade sempre a cintilar (mais nos relatos do que) na vida dos amantes. No entanto, sabe-se, para os envolvidos, este é seu prazer secreto, há minúcias, desconhecidas dos outros, que lhes asseguram invariavelmente o diferencial mágico.

Nada de extraordinário se deu no percurso entre a apresentação de um ao outro, o interesse de se conhecerem pela história que levavam consigo e, etapa final e misteriosa, o desejo de misturá-las.

Mas ela, honesta e subjugada à verdade, antes mesmo de os corpos se conhecerem — o que não os impediu, ao contrário, só lhes trouxe mais febre —, avisou-o que, em seis meses, se mudaria para a Itália. Lá conseguiria o tratamento médico para o filho — com um problema congênito —, impossível de se garantir no Brasil. Assim, ela lhe oferecera a alternativa da renúncia. Mas ele não recuou. Ele reaprendera a não temer a dor.

Era uma relação com dia e hora para terminar. Dia e hora já sabidos, porque tudo tem dia e hora para terminar, só não o sabemos a priori, o que nos dá a ilusão, o provisório esquecimento, de que jamais findará. No entanto, ele a vivenciou intensamente, entregando-se sem freios à sua contagem regressiva.

Esta travessia — ele assim a considera — recordou-o, àquela altura, a resolução de James Wait, o negro marinheiro de Conrad, de se engajar gravemente doente num navio: "Tenho de viver até morrer, não tenho?".

Até o instante final, o sentimento mútuo de ternura (e, abaixo dele, de aceitação ante o desfecho adverso) só se expandiu. Mas, como o amor não alcançara o tamanho de ser insuportável viver um sem o outro, nem de ambos se matarem por não o merecer, despediram-se, dignos e respeitosos, sem expor seu dilaceramento.

Houve ainda uma chance de driblarem o destino. E ele a aproveitou, viajando, meses depois, para visitá-la em Roma. O *quase*, o *triz*, por um quase nada, similar, foi vencido nesse reencontro e, se de fato o tivesse sido, este relato não teria justificativa de aqui constar entre os demais. Por um átimo acreditaram (ou se permitiram acreditar) que uma reviravolta ocorreria, mesmo se desafiassem o cosmos, porque a queriam e em sua causa agiriam.

Dois anos se passaram e ela retornou com o filho ao Brasil. Eles se viram duas ou três vezes, as mãos sobre a mesa, com legítimas saudades, mas sem coragem de se enganar: alguém já havia entrado na vida dela. Na dele, também.

Que ela e o menino estejam bem, ele deseja. E que venha a vida, com os seus desígnios, a trazer-lhes a merecida cota de resignação.

Matéria

Enquanto escrevia este livro, acreditava que as coincidências ocorriam apenas na esfera do vivido. Talvez porque, sempre, haviam se apresentado assim: saltavam da vida, como um peixe do rio, para retornar, cintilantes, à correnteza de suas águas.

Mas então, oriunda do nada, igual a todas antes de se perceber os marcos de seu circuito, inclusive o que a inicia, esta se deu quando a irmã, viajando a Cuba, lhe trouxe de lá, como *recuerdo*, um livro de Pedro Juan Gutiérrez, ainda inédito no Brasil.

Conhecia outros romances desse escritor, além da *Trilogia suja de Havana*, e, no entanto, o livro que ganhara, *El insaciable Hombre Araña*, era uma coletânea de contos, gênero de sua preferência. Leu as primeiras histórias, reconhecendo o continente ficcional de Gutiérrez, sem imaginar que, num dos últimos (e mais belos) contos do conjunto, encontraria uma trama em consonância (e voltagem) com este diário.

A história, *La proxima vez*, principiava com sete acrobatas executando esplêndidos movimentos nos altos trapézios de um circo. A plateia estava excitada, pela habilidade que demonstravam e pelo perigo que corriam — o narrador, protagonista do conto, era um deles. O número seguia, admiráveis eram os saltos dos acrobatas, que, flutuando no ar um instante, se agarravam, em seguida, à barra do trapézio, ou às mãos de algum companheiro.

Então, repentinamente, dois palhaços se juntaram aos sete, e, disparatados, começaram a se atirar das cordas. Uma atmosfera de alucinação se inaugurou: os palhaços se jogavam sem parar — e os acrobatas se lançavam no espaço para salvá-los. Os espectadores, já de pé, eletrizados pelo terror, gritavam, pressentindo que a qualquer momento um dos palhaços, driblando no ar os acrobatas, cairia sobre suas cabeças ou se arrebentaria na arena. A orquestra se juntou àquela inesperada performance, puxando a música num crescendo.

De súbito, dois policiais invadiram o circo e, com megafone, ordenaram que se parasse imediatamente o espetáculo, não queriam mortos na arena. Naquele instante, os dois palhaços se atiraram das alturas, foram ganhando aceleração de torpedo, enquanto os acrobatas tentavam, um após outro, interceptá-los.

O narrador comentou: "Eles nos escaparam. Iam estatelar-se no centro do piso. Duas flechas incendiadas a uma velocidade vertiginosa. Estiquei a mão. Tentei pegar um. Não. Me escapou. Aconteceu alguma coisa com a interferência dos policiais. Todo o mecanismo de sincronização se rompeu com aqueles apitos. Eu também me precipitei para a terra".

Em seguida, afirma que despertou horrorizado. Sentou-se na cama. Estava em pânico. Mal conseguia respirar. Ele era um dos palhaços. Tentou se tranquilizar. Então percebeu, ao lado, sua mulher, Julia, agitando-se num sonho convulso.

Despertou-a com delicadeza, sussurrando em seu ouvido que o pesadelo já passara. Julia acordou aterrada, "que alto, que medo!", repetia, soluçando. Pediu que ela lhe contasse o que acontecia no sonho. Julia respondeu que não se recordava bem. Havia dois palhaços junto dela e os três caíram. Não sabia dizer onde, mas a queda se dera no momento em que dois policiais surgiram do nada.

Se somos feitos da mesma matéria dos sonhos, nos livros, os sonhos (os dele e os nossos) também devem ser feitos de igual matéria.

Perdas

Um dia, o jornal trouxe uma entrevista com aquele escritor que ele admirava e de quem, no futuro, se tornaria amigo. Naquela época, acreditava — porque vivia um período de alumbramento com a palavra — que não havia nada insubstituível em seu espírito senão a literatura. E qual não foi o seu desconcerto ao ler que, questionado sobre a relevância dela, o escritor afirmara: "A literatura não é tão importante assim".

A resposta lhe pareceu esnobe — claro, é comum, uma vez nas alturas, minimizar, com pseudomodéstia, a dimensão de um grande feito. Naquele então, se o escritor não decresceu em seu afeto, plantou-lhe uma desconfiança ante o ato de escrever, que, se a princípio lhe pareceu maléfica, com o tempo só lhe trouxe benefícios.

Na avidez dos vinte anos, sobrevalorizava seus experimentos literários, como se por meio deles pudesse alcançar um grau de consciência superior, e, assim, "iluminado", compreender a autêntica escrita da vida, reservada apenas aos iniciados.

Mas, num processo vagaroso, ainda que lhe parecesse de alta velocidade, ele envelheceu. Já havia publicado suas primeiras obras, e começara a dar razão ao velho escritor. Estava escrevendo um romance, no qual progredia com rapidez, o que era raro em sua trajetória: as tramas costumavam lhe sair à miúda, lentas e gotejantes. Então, de súbito, deu-se uma pane em seu computador e ele perdeu todas as páginas escritas. Teria ficado abatido, como qualquer pessoa, feita com a fímbria de inconformismo, se o enredo do livro não fosse precisamente sobre o desaparecimento das palavras no mundo.

Aquilo lhe pareceu uma punição do universo, como se ele estivesse enveredando por um território ao qual não lhe era, e a ninguém, permitido o acesso. Buscou outras explicações, mas nenhuma o convenceu. Até porque não sabia como reduzir a espessura de sua tristeza, nem arrefecer a sua revolta contra aquela perda.

Acreditava, contudo — e decantou obsessivamente essa ideia em vários de seus contos —, que só se pode dar a outra pessoa algo que, de certa forma, já lhe pertence. E, se assim era, no outro extremo era correto pensar que se perde sempre o que nunca foi inteiramente nosso.

Como não podia recuperar o trabalho, teve de refazer tudo, e, assim, a versão definitiva de *Ladrões de histórias* jamais coincidiu com aquela perdida.

Esse acontecimento jazia nas gretas de sua memória, e veio à tona, semanas atrás, quando ele se pôs a fazer esta compilação de episódios. Estava na metade do caminho quando a chuva danificou seu laptop — esquecido à beira da janela —, e ele perdeu tudo o que havia escrito até então.

O mesmo sentimento o sacudiu. Explicações semelhantes retornaram. Mas, agora, ele sabe com quantas perdas somos feitos. E, como não havia o que fazer, apesar de sua indignação, lançou-se à reescritura.

Ele não crê, nem descrê nas coincidências. Pensa, tão somente, que escrever é tocar, acariciar, abraçar, por meio das palavras, aqueles que perdemos. Ou que nunca tivemos. Nada tão importante assim: agora ele entende a posição daquele escritor ante a literatura. E pede perdão a quem o lê, aqui, por ter trazido à luz estas histórias duplamente perdidas.

Segunda chance

Num dos livros que escreveu, *Meu avô espanhol*, ele chegou à conclusão de que a singularidade de uma pessoa — e todas a têm, até a mais simples — é a sua história. Atrai-nos não exatamente a sua beleza ou inteligência, mas o texto que ela é e não somos. Assim, quando se lê um romance, lê-se não apenas a narrativa ficcional em si, mas, sobretudo, o romancista que a forja.

Em outra de suas obras, *O homem que lia as pessoas*, ele definiu a escrita (de uma história) como o ato de se levar às pessoas.

Por isso, mesmo correndo o risco de cair no comum, e ciente de que todo casal tem a sua mitologia, na qual episódios corriqueiros se tornam expressivos à luz mais do sentimento amoroso que de sua essência superior, ele quis se trazer para ela nestas páginas, recordando-lhe a história (única) de ambos.

Naquela época — os dois nem o sabiam —, já estavam se atraindo, embora o resultado desse magnetismo, se consumado, revelaria uma desigualdade abissal: ela, íntegra; ele, milpartido pelo fim do casamento.

Para ser fiel à verdade e ratificar, como prenunciado, que não seriam exceção à regra, conheceram-se num curso: ela, aluna; ele, professor (atividade que, havia décadas, exerce em parelha com seu ofício de escritor).

Só recentemente, decalcando as versões de cada um sobre a forma como haviam se aproximado, descobriram que ele fizera muitas tentativas para localizá-la, pedindo sempre o seu telefone aos estudantes daquela turma, quando ocasionalmente os encontrava, mas nenhum, nenhum jamais o deu. Descobriram, também, que ela soubera o tempo todo do paradeiro dele, acompanhava seus movimentos, adquiria seus livros; no entanto, a discrição a impedia de contatá-lo.

Até que um dia, anos depois, ela lhe enviou uma mensagem. E, finalmente, eles se encontraram.

Numerosos detalhes, daí em diante, que consubstanciam esta história, só aos dois compete recordar — e não cabe, em respeito a ela, senão o silêncio.

Ele não crê no amor como uma fatalidade, um encontro entre almas gêmeas. Tem a rude certeza de que um casal segue junto porque faz as suas vidas — textos em línguas distintas — coincidir, ainda que de maneira imperfeita. Sabe que ela não pensa assim. Sabe que qualquer texto pode, de repente, se dissolver, como uma folha de papel na água. Mas deseja que ela, mais do que ninguém, se alegre com esta história, dos dois.

Não é uma história maior. Suas linhas reaparecem, com variáveis muito mais engenhosas, em outros enredos conjugais. Provavelmente na sua, leitor. Mas esta é a história deles. Não há como exagerá-la em prol da fabulação. Aceita-a como a chuva que, durante toda a escrita deste livro, inundou seu computador e seus olhos.

Dois caminhantes

Era, então, uma outra vez. E ele se tornara, também, outro caminhante. Quando retornou de Santiago de Compostela, em sua primeira peregrinação, prometeu a si e ao filho — na época com oito anos — que haveriam de fazer juntos o caminho.

Quando?, o menino perguntou, curioso.

Daqui dez anos, ele respondeu.

Pacto feito, foram dar corda em suas vidas, entregando-se aos gravetos do dia a dia, até que o dia a dia formasse o feixe de um ano, e o feixe dos anos acumulasse neles uma década.

Certa noite, enquanto jantava, solitário, ele sentiu o empuxo do tempo estremecer seus ombros e, ao fazer os cálculos, deu-se conta de que faltava menos de um ano para o prazo combinado. Àquela altura, o filho era um pós-menino; ele, pai, um pré-velho.

Começaram os preparativos — as curtas caminhadas pelo bairro ao entardecer, sem nada às costas; depois, as longas, nos fins de semana, com a carga nas mochilas.

Como desconfiara, naqueles treinos, entre as conversas de ocasião e os silêncios de propósito, ele passou a descobrir coisas de seu filho que nunca imaginara — e o filho, claro, também ia pondo o pé num território dele a que jamais tivera acesso.

Caminhando lado a lado, um fazia o outro falar coisas de si por meio dos próprios passos — algo que jamais havia ocorrido, por maior que fosse a intimidade entre ambos. Iam mudando um ao outro, enquanto, ao redor, as coisas também iam mudando — porque as coisas, o tempo todo, mudam as coisas (as próprias, e as outras), como ele iria escrever, adiante, num conto.

As coisas mudam, embora se acredite que algumas permaneçam, enganadoramente, as mesmas. E, de repente, lá estavam ambos embarcando para Pamplona. Esquecido da mudança veloz das coisas, tão veloz que tudo parecia se conservar igual, ele se lembrou de sua primeira viagem: ali, no aeroporto de Cumbica, o menino acenava-lhe um adeus; daquela vez, transpunha, com ele, o portão rumo ao controle de passaportes.

Era a primeira descoincidência. O primeiro sinal de que nada corresponderia, na segunda peregrinação, ao que fora a anterior. Mas ele ainda não percebera. Tardou muitos dias — as comparações que fazia o tempo todo, entre as duas, resultavam sempre vazias — para se dar conta da impossibilidade de repetir a primeira jornada.

Chegaram a Pamplona e havia sol. Em seu caminho solitário, dez anos antes, nevava. Em Roncesvalles, hospedaram-se no novo albergue. Antes, ele se alojara no velho, anexo à Colegiata. No primeiro dia, pararam para dormir em Larrasoaña. Antes, ele pernoitara em Zubiri. No dia seguinte, avançaram até Zariquiegui, seis quilômetros a mais do que ele na outra vez, quando se abrigara em Cizur Menor.

E assim se deu com todas as coisas. Se pousavam na mesma cidade, como em León, jantavam noutro restaurante. Se, por um instante, tudo pareceu a ele idêntico em Molinaseca, outra era a posição do sol atrás da ponte românica, outro o aroma do vento naquele povoado medieval. Nem mesmo os sentimentos — a paz e a alegria —, sobrepostos em seu espírito, se igualavam, em intensidade, aos experimentados na primeira viagem. Havia microdiferenças que impediam o encaixe. Porque, claro, era outra a vez, apesar de ser o mesmo — o caminho.

Apenas se repetiam as grandiosas mesetas, os campos de trigo infinitos, o céu com seu azul ostensivo. Tudo, portanto, descoincidia. Havia flores e mais flores comuns nos canteiros, mas ele procurava a flor rara, com suas pétalas tão iguais quanto perfeitas.

Muito embora, ao avistar Compostela, vinte e seis dias depois, ele tenha sido tomado por uma gratidão indizível, em nada a realidade coincidira, mesmo sem querer, com a sua aspiração.

E, sem que soubessem, ao chegar à cidade, era 24 de julho, véspera do Dia de Santiago. À meia-noite, haveria o show de fogos na Plaza del Obradoiro, a festa mais esperada do ano pelos habitantes da cidade e pelos peregrinos — muitos, depois ele descobriu, haviam se programado para terminar a caminhada na data da celebração.

Viveram aquele dia entre duas margens: ora contentes, como duas crianças, sem antes nem depois, imersos nas raízes do tempo presente; ora tristes, pois não havia mais caminho a palmilhar, a vida pedia tão somente que flanassem, que se deixassem à deriva, como galhos no chão, soltos para o arrasto do vento.

Haviam se hospedado na periferia, numa pequena pensão que se alcançava depois de atravessar um labirinto de becos e ruelas. Quando o sol se pôs, subiram até o centro histórico para encontrar a noite que, então, descia pela cidade ruidosa. Era impossível chegar à catedral, ou ao Hostal de los Reyes Catolicos, as ruas de acesso estavam tomadas pela multidão. Ele consultou o mapa e sugeriu que fossem à Plaza de Espada, de onde poderiam ver, de longe, o show pirotécnico.

Uma atmosfera feérica se espraiava pelos espaços e pelas pessoas que lotavam as ruas ou se debruçavam nas janelas das casas, como se o universo ordenasse que aquela ode à vida fosse unânime. Caminhando ao lado do filho, ele se sentiu num degrau acima da realidade em que costumava pisar, aceitando uma felicidade isenta de culpas, impossível de ser anulada, de imediato, por uma dor futura.

Os dois permaneceram lá, na Plaza de Mazarelos, vivendo o mesmo instante, um instante irrecuperável como todos os outros, mas plenamente entregues, as almas em comunhão. Tanto que só viam o que era para ser visto no céu, as girândolas coloridas, as serpentes faiscantes, as chuvas de centelhas irisadas. Apenas assistiam ao espetáculo, sem uma palavra, um gesto. Era unicamente o tempo de ser silêncio, e eles, obedientes, eram e eram e eram silêncio.

Mas nem esse silêncio, igual nos dois em todas as suas fímbrias, consistia ainda numa coincidência, senão numa ordem.

Quando o espetáculo terminou, meteram-se entre a turba que se dispersava lentamente, refluindo pelas ruas de pedra. O filho, num certo momento, ficou para trás, impedido de segui-lo por um grupo de jovens que formavam uma corrente. Ambos ainda conseguiam se ver, acenavam-se, buscavam com meneios combinar uma estratégia de reaproximação. Ele parou, tentou se manter naquela posição, ou mesmo retroceder, até que o filho conseguisse se acercar, mas uma onda de gente o varreu para o outro lado.

De repente, tudo se tornou um rastro de feições que se renovavam, e ele já não reconhecia, entre tantos rostos, o de seu filho. A certeza da perda não só o alarmou como lhe trouxe uma sensação de fraqueza — sempre acreditara que estavam unidos por um cordame invisível, bastava um puxá-lo para o outro vir ao seu encontro. Mas não era o que ali, àquela hora, se sucedia.

Virou-se e se atirou na direção contrária, enfiando-se entre o golfo de gente que se movia, fazendo uma barreira que oscilava de lá para cá, impedindo-o de avançar. Tentou transpô-la, primeiro com educação, dizendo talvez para si mesmo, já que ninguém o ouvia, *con permiso, con permiso*, e, depois às pressas, tropeçando nas pessoas e se desculpando, enquanto sentia a aflição ganhar o terreno que antes fora de calmaria.

Se haviam passado tantos dias juntos, lado a lado, ele e o filho, agora a distância se abismava entre os dois. Haviam se descoincidido, inteiramente, um do outro.

Percebeu que a dispersão era maior rumo à Plaza de Galicia, e não em direção à Porta do Camiño. Voltou-se, então, e seguiu para lá, deixando que seus passos, sem mapa algum, o guiassem dali em diante.

Andou até a Plaza de Galicia, atravessou-a, fiel ao comando de seus pés que, de repente, frearam e o obrigaram a parar no Campo de Estrela, onde viu um banco vazio no qual sentou.

Ficou a observar um grupo de jovens, que retornava para casa, com garrafas de cerveja na mão, cantarolando. Um casal ainda passou por ali, antes que o lugar se tornasse ermo e silencioso.

Fechou os olhos e permaneceu quieto. Sentia que cada segundo de sua vida (inteira) corria novamente pelas suas artérias. Tudo o que ele havia vivido (tantos desenganos, tantas aprendizagens) se concentrava naquele instante na matéria de carne e sangue que o mantinha imóvel, sentado num banco no Campo de Estrela.

Então, sentiu como se um fio repuxasse seu corpo, um fio que não era unicamente seu. Demorou para abrir os olhos, prolongando aquela inesperada alegria a um milímetro de se tornar uma dor: sabia que alguém vinha vindo pela mesma rua — conhecia-lhe os passos; depois daquela peregrinação, poderia distingui-los de mil outros. Sabia que seu filho se aproximava e estaria à sua frente, como um espelho, tão logo abrisse os olhos.

Paralelas

Quando viajou a primeira vez com ela — essa, que é hoje a sua companheira —, foram passar o fim de semana numa pequena cidade na serra da Mantiqueira.

Deu-se que, depois de sete anos, eles retornaram a essa cidade, e lá estão nesse dia de hoje. Chegaram há algumas horas, e, não obstante se lembrem de alguns passeios da outra viagem — a vista grandiosa do pico Agudo, a cachoeira do Lajeado, o mirante do Cruzeiro —, ao passear a pé pelo centro, não reconheceram a Igreja de Santo Antônio, nem se recordavam daquele restaurante onde haviam jantado à luz de velas.

As reminiscências não batiam com o estado atual das coisas, e, por algum motivo, ele desejava que a felicidade dos primeiros tempos coincidisse com a daquele instante — partilha-se o momento, para fortalecer os laços; mas os laços só se fortalecem se, depois, o mesmo momento for partilhado na lembrança.

Queria que o fiapo de linha do tempo vivido naquela cidade, quando o amor começara, tivesse a mesma consistência do cordame de aço no qual, então, havia se tornado.

Mas — ele estava aprendendo — os dias já passados são paralelos aos que estão em vigor e aos futuros; assim, jamais vão se juntar numa dimensão contínua do ser. O máximo possível é o destino, num ato sublime, fazer o sentimento, experimentado numa época, atualizar-se por meio de uma recordação.

Caminhando com sua mulher pela cidade cercada de eucaliptos e araucárias, ele desejava que ambos trouxessem à superfície da memória uma alegria similar (a mesma?) sentida na primeira viagem. Mas quem pode fazer esse milagre?

No chalé, onde agora ele escreve, veio-lhe uma suspeita: e quando, ao contrário, desejamos que o destino jamais coincida com os nossos temores?

Nesse caso, também, nada se pode fazer senão deixar o medo à sombra e seguir, humilde, sentindo a existência operando nele e nela — e na menina que vem vindo. Sim, há cinco meses eles souberam que ela estava grávida. A nova vida inflava, devagarzinho, o ventre de sua mulher.

Dois anos antes, ele publicou aquele romance sobre um homem de cinquenta anos que ganhou uma filha, e para ela se pôs a contar a história da família num caderno — o *Caderno de um ausente*. Seu personagem receava que tivesse pouco tempo de convivência com a menina. Enganara-se: ela viveria muito ainda com o pai. Mas não com a mãe.

Enquanto escreve no chalé, atrás da mesinha, ele observa sua companheira deitada na rede, fabricando silenciosamente a filha. Os ramos de um eucalipto se movem com a brisa.

Deseja intensamente que seus temores não correspondam à realidade futura. Mas se, num ato sublime (e piedoso) do destino, assim suceder, o seu querer e do universo vão se encontrar num mesmo ponto — resultando numa (sonhada) coincidência em outro plano.

Outro extremo

Ao terminar este livro, que no Château de Lavigny, pela primeira vez, sentiu o chamado para escrever, ele assegura que tudo é verdade, descontados, evidentemente, o que a memória costuma suprimir e o que a fabulação, própria dos escritores, teima em deformar, pelo desejo de que os fatos assim tivessem sido.

Estas vivências, e outras silenciadas, o fizeram ser o que ele foi, porque ele não é mais aquele que esteve no centro delas. Tem ainda, claro, as cicatrizes vivas, as lições incorporadas, as recordações espetadas no corpo. Mas se fez outro homem e, por isso, se viu obrigado a se referir a si mesmo como "ele".

Sem premeditação — no caminho é que tudo se revela —, quem ele foi e quem ele é se encontram neste diário de coincidências.

Por isso, a precisão de escrevê-lo, antes que a noite, insinuante, se torne total e o atire, para sempre, num fosso. Que o espírito de Borges não se aborreça com essa variante de uma das dez metáforas que iluminam a escrita do mundo.

Aliás, confirmando a *tatwa* — a hora exata, para os hinduístas — de estes episódios emergirem, eis que, ao terminar de relatá-los, ele viu seus "personagens" invadirem, novamente, a realidade: o filho do mestre iogue lhe telefonou um dia desses; o amigo italiano enviou-lhe uma mensagem pelo Facebook, depois de um comprido silêncio; a prima de Granada retornou ao Brasil e os dois se reencontraram semana passada; do amigo infartado, soube que estava treinando para fazer a peregrinação da Via Láctea; no jornal, leu sobre o roteiro de uma minissérie escrita por seu homônimo; uma jovem escritora lhe pediu uma carta de recomendação para o Château de Lavigny; o presidente daquela agência de publicidade, agora diretor de um instituto cultural, chamou-o para organizar um livro sobre um escritor-publicitário; numa festa na pequena cidade, ele encontrou as primas, filhas daquele tio querido; enfim, misteriosamente, como se imantados às suas palavras, de alguma forma, todos deram sinal de vida nos últimos dias.

O que será que significa esta corrente? Ele já não se inquieta em responder. Talvez seja um novo idioma que deveria aprender.

Gracias

Se a generosidade é a ponta de um novelo, a gratidão é a outra, que com ela coincide, quando no meio há afetos. Ele agradece a muitas pessoas — pelos mais distintos motivos — por se fazerem presentes nas páginas deste diário. Juliana e Maria Flor: por quase nada, que é tudo o que temos — a convivência diária (tão inspiradora). Lucas: por caminhar com ele pela Via Láctea. José Ramon Molinero (*in memoriam*): pelos indeléveis ensinamentos. Lucia Riff: pelo entusiasmo demonstrado na primeira leitura. Amanda Alves de Souza, Chris Ritchie, Elaine Resende, Ilze Bromatte Duarte, Márcia Maria de Sillos Serafim, Sara Regina Albuquerque França e Vera da Cunha Pasqualin: por partilharem com ele episódios de suas vidas no site do *Diário das coincidências*. Luara França: pelas levezas durante a produção deste livro. Marcelo Ferroni: pela sensibilidade de editor, que combinou com a dele, escritor.

1ª EDIÇÃO [2016] 1 reimpressão

ESTA OBRA FOI COMPOSTA PELA ABREU'S SYSTEM EM ADOBE GARAMOND
E IMPRESSA EM OFSETE PELA LIS GRÁFICA SOBRE PAPEL PÓLEN BOLD DA
SUZANO S.A. PARA A EDITORA SCHWARCZ EM MARÇO DE 2023

A marca FSC® é a garantia de que a madeira utilizada na fabricação do papel deste livro provém de florestas que foram gerenciadas de maneira ambientalmente correta, socialmente justa e economicamente viável, além de outras fontes de origem controlada.